Die drei ???®

Die drei ???®

und der schreiende Nebel

erzählt von Hendrik Buchna

Kosmos

Umschlagillustration von Silvia Christoph, Berlin
Umschlaggestaltung von eStudio Calamar, Girona, auf der Grundlage der Gestaltung von Aiga Rasch (9. Juli 1941 – 24. Dezember 2009)

FSC
www.fsc.org
MIX
Papier aus verantwortungsvollen Quellen
FSC® C014138

Gedruckt auf chlorfrei gebleichtem Papier

ISBN 978-3-440-12333-1
Redaktion: André Marx, Martina Zierold
Produktion: DOPPELPUNKT, Stuttgart
Printed in the Czech Republic/Imprimé en République tchèque

Die drei ???®

und der schreiende Nebel

Ein Freund bittet um Hilfe

»Jetzt bin ich aber mal gespannt, was so wichtig sein kann, dass du uns dringend *von allen anderen Betätigungen abberufen* musstest, Chef.« Schnaufend ließ sich der dritte Detektiv Bob Andrews in einen Sessel sinken.

»Das wüsste ich auch gern«, schloss sich Peter Shaw an und deutete demonstrativ auf seine verschmutzten Jeans. »Ich war gerade im Garten der Baxters beim Rasenmähen und du weißt ja, wie dringend ich diesen Ferienjob brauche.«

»Ja, das weiß ich«, erwiderte Justus Jonas und reichte seinen Freunden zwei große Gläser mit Cola. »Es gibt in der Tat wichtige Neuigkeiten, die eine rasche Beratung erfordern.«

»Und das muss ausgerechnet in der stickigen Zentrale sein?«, fragte Bob ungehalten. »Draußen ist doch schönstes Sonnenwetter!«

Tatsächlich herrschte im geheimen Hauptquartier der drei ??? drückende Hitze. Der umgebaute Campinganhänger lag unter einem Berg aus Gerümpel verborgen und war für Außenstehende nicht vom übrigen Durcheinander auf dem Schrottplatz des *Gebrauchtwarencenters T. Jonas* zu unterscheiden.

»Ungestörtheit hat mitunter eben ihren Preis«, erklärte Justus, während er den großen Ventilator auf höchste Stufe stellte. »Aber ich stimme zu, dass wir die Lagebesprechung nicht unnötig lang gestalten sollten. Fangen wir also gleich an ...« Er holte einen geöffneten Umschlag hervor, dem er ein handbeschriebenes Stück Papier entnahm. »Vorhin kam mit der Post ein höchst sonderbarer Brief aus South Dakota an. Und er stammt von niemand anderem als Arnold Brewster!«

»Professor Brewster?« Bob und Peter rissen erstaunt die Augen auf.

Arnold Brewster war ein pensionierter Völkerkundler, dem die drei Detektive vor einiger Zeit dabei geholfen hatten, dem Entmündigungsversuch seines Neffen Clifford und der hinterhältigen Intrige eines kriminellen Anwalts zu entgehen. Ihre Suche nach dem verschwundenen Professor hatte sie damals bis in die Bergwildnis Cominas geführt. Seit ihrem spektakulären Abenteuer mit dem Volk der Winde hatten sie den umtriebigen Forscher jedoch ein wenig aus den Augen verloren.

»Und was schreibt er?«, fragte der Zweite Detektiv.

Justus reichte den Brief an seine Kollegen weiter. »Lest selbst. Ich bin gespannt, was ihr davon haltet.«

Neugierig nahm Bob den Zettel entgegen und las laut vor:

»Fort Stockburn / Meade County / South Dakota

Hallo Jungs, entschuldigt, wenn ich mit der Tür ins Haus falle, aber in der jetzigen Situation weiß ich mir keinen anderen Rat mehr, als euch um Hilfe zu bitten. Seit unserem gemeinsamen Abenteuer ist eine Menge geschehen. Nach der Aussöhnung mit Clifford und der Rehabilitierung meines Rufs konnte ich glücklicherweise mein altes Leben wieder aufnehmen. Seither halte ich wie früher Gastvorträge auf Tagungen und an Universitäten. Momentan schreibe ich an einem Buch über das kulturelle Erbe der Naturvölker Amerikas. Um in Ruhe arbeiten zu können, habe ich mich in die Abgeschiedenheit South Dakotas zurückgezogen. Die kleine Ortschaft Fort Stockburn kenne ich seit einer Forschungsreise in den Siebzigerjahren. Die Ruhe mitten in der grenzenlosen Prärie ist einfach wunderbar. Oder besser: Sie war wunderbar. Denn vor Kurzem ist das Unheil über uns hereingebrochen. Ein schrecklicher Nebel fällt immer wieder über den Ort her und terrorisiert die Bewohner. Die Polizei hält unsere Notlage für ein Hirngespinst und weigert sich, Ermittlungen einzuleiten. Wir sind hier ganz auf uns allein gestellt und die furchtbaren Ereignisse nehmen immer weiter zu. Es fällt mir schwer, das alles in Worte zu fassen, aber eines ist sicher: Dieser Nebel ist nicht leer. Etwas Entsetzliches lauert in ihm und greift uns an. Viele halten die ständige Angst nicht mehr aus und ergreifen die Flucht. Wenn das so weitergeht, ist dieser Ort bald eine Geisterstadt.«

Überrascht blickte Bob auf. »Das ist ja echt heftig ...«

»Jetzt versteht ihr wohl auch, warum ich euch so schnell sprechen wollte«, erwiderte Justus ernst. »Aber lies weiter.«

Der dritte Detektiv wandte sich wieder dem Brief zu. »*Darum bitte ich euch inständig, nach Fort Stockburn zu kommen und mit eigenen Augen zu sehen, was hier vor sich geht. Ich habe euch drei Flugtickets von Los Angeles nach Rapid City beigelegt. Da ich hier vor Ort bleiben möchte, wird euch ein Taxifahrer vom Flughafen abholen. Es ist bereits alles organisiert. Glaubt mir, ich weiß, wie absurd sich meine Schilderungen anhören müssen. Aber ich gebe euch mein Ehrenwort, dass alles wahr ist. Hochachtungsvoll, Arnold Brewster.*«

Peter schluckte. »Ein schrecklicher Nebel, der Menschen angreift? Das ... das kann doch wohl nicht ernst gemeint sein!«

Der Erste Detektiv wies auf den Schreibtisch. »Nun, die drei für morgen gebuchten Flugtickets, die dem Schreiben beilagen, *sind* jedenfalls ernst gemeint. Außerdem würde Mr Brewster mit so etwas nicht scherzen.« Er seufzte. »Leider hat der Professor uns keine Telefonnummer genannt, wir können ihn also nicht anrufen. Auf gut Glück habe ich vorhin versucht, seine Nichte Marie zu erreichen, aber ohne Erfolg.«

»Die ist zurzeit ziemlich im Stress«, erwiderte Bob. »Von einer Kollegin meines Vaters weiß ich zufällig, dass Maries Mann Martin mitten in der Schlussphase seiner Promotion an der Universität Ruxton ist. Die mündliche Prüfung steht wohl gerade an. Darauf hat er sein Leben lang hingearbeitet, und jetzt unterstützt sie ihn natürlich mit allen Kräften.«

Martin Ishniak, der ehemalige Assistent von Mr Brewster, war ebenfalls in das turbulente Abenteuer in Comina verwickelt gewesen. Wegen seiner indianischen Abstammung hatte er während seiner wissenschaftlichen Laufbahn immer wieder mit Vorurteilen und Missgunst zu kämpfen gehabt. Doch dank seines eisernen Willens war er nie von seinem großen Ziel abgewichen.
»Verständlich, dass Mr Brewster in einer so entscheidenden Situation nicht riskieren möchte, dass Martin in Sorge versetzt wird und seine Doktorprüfung gefährdet«, entgegnete Justus. »Deshalb wandte er sich an uns.«
»Ich würde jetzt auch gerne in einer wichtigen Prüfung stecken …«, murmelte Peter leise.
In diesem Moment klingelte das Telefon. Nachdem Justus den Lautsprecher eingeschaltet hatte, nahm er den Hörer ab.
»Justus Jonas von den drei Detektiven.«
»Hier ist Arnold Brewster«, meldete sich eine knarzige Stimme.
»Mr Brewster!«, erwiderte Justus erfreut. »Wie schön, dass Sie doch noch einen Anruf ermöglichen konnten.«
»Entschuldige – könntest du bitte etwas lauter sprechen? Die Verbindung ist furchtbar schlecht. Es ist ein Wunder, dass ich überhaupt durchgekommen bin.«
Tatsächlich knackte und rauschte es beträchtlich in der Leitung, sodass auch Mr Brewster nur schwer zu verstehen war.
»Ich sagte nur, dass wir uns über Ihren Anruf freuen«, erwiderte Justus bemüht deutlich.
»Oh …« Arnold Brewster schien für einen kurzen Moment verunsichert zu sein. »Dann … dann habt ihr meinen Brief also schon erhalten. Ich hatte gehofft, euch vorher zu erreichen, damit ihr den Blödsinn gar nicht erst lest.«
»Blödsinn?«, stieß Peter verblüfft aus.
»Ist da noch jemand?«, fragte der Professor misstrauisch.

Justus warf dem Zweiten Detektiv einen strengen Blick zu. »Entschuldigen Sie, Sir, meine beiden Kollegen Peter und Bob können mithören.«
»Hi, Mr Brewster!«, rief Bob von hinten, während er sich einen Kugelschreiber nahm, um Notizen zu machen.
»Ähm, wie meinen Sie das mit dem Blödsinn?«, fragte Peter zögernd.
Mr Brewster stieß einen langen Seufzer aus. »Ich muss euch etwas gestehen, Jungs. Ich hatte in letzter Zeit einigen Stress mit meinen Nachbarn hier in Fort Stockburn. Na ja, und darum … habe ich wohl hin und wieder einen Schluck zu viel getrunken.«
Der Erste Detektiv tauschte einen irritierten Blick mit seinen Freunden aus. »Ich kann Ihnen nicht ganz folgen, Sir.«
»Es geht um diesen Hokuspokus, von dem ich euch geschrieben habe. Der Nebel, die furchtbaren Schreie und das alles. Da hatten sich ein paar Nachbarn einfach einen bösen Streich mit mir erlaubt. Für die bin ich ja immer noch der Bücherwurm aus der Großstadt, der keine Ahnung vom Prärieleben hat. Deshalb wollten sie mir mal gehörig Angst einjagen. Und … in meinem angetrunkenen Zustand habe ich das dann für echt gehalten.«
»Aber Sie schrieben doch, dass auch viele andere Einwohner verängstigt seien und die Flucht ergriffen hätten«, wandte Justus verdutzt ein.
»Ach, die sind inzwischen alle wieder da«, entgegnete der Professor hastig. »Ich sagte ja schon – die wollten mir mit diesem ganzen Humbug nur eins auswischen. Jetzt ist jedenfalls alles wieder bestens und ihr könnt meinen Brief beruhigt in den Papierkorb werfen.«
»Sind Sie sich da wirklich sicher?«, hakte der Erste Detektiv nach. »Immerhin haben Sie uns drei Flugtickets geschickt.«

»Na und?«, gab Brewster barsch zurück. »Ist doch mein Geld, oder? Vor drei Rotzbälgern muss ich mich doch wohl nicht rechtfertigen, wenn ich meinen Auftrag zurückziehe! Ihr seid bei uns jedenfalls unerwünscht, verstanden?!«

Dann wurde die Verbindung unterbrochen.

Für einen Moment herrschte in der Zentrale sprachlose Stille. Energisch verschränkte Bob die Arme vor der Brust. »Das war doch nie im Leben Professor Brewster! Der hätte doch nicht in diesem Tonfall mit uns gesprochen!«

»Und dann die Sache mit dem Alkohol«, ergänzte Peter kopfschüttelnd. »Das passt doch überhaupt nicht zu ihm.«

»Ebenso gravierend waren die inhaltlichen Unstimmigkeiten, die dem Anrufer unterlaufen sind«, stellte der Erste Detektiv fest. »Zum einen erwähnte er Schreie, die er angeblich in seinem Brief beschrieben hätte.«

»Stimmt, davon stand da gar nichts«, pflichtete Peter bei.

Justus nickte. »Noch auffälliger war sein Schlusssatz: *Ihr seid bei uns unerwünscht.*«

»Du hast recht!«, rief Bob und blickte auf sein Notizbuch. »Zuerst sprach er noch davon, dass er in Fort Stockburn ein Außenseiter sei, dem die Bewohner Angst einjagen wollten. Und am Ende redete er dann plötzlich von ›uns‹, so als ob er selber Teil dieser Gemeinschaft wäre.«

»Und genau das wird auch der Fall sein«, folgerte Justus. »Da hat irgendein Nachbar mitbekommen, dass Arnold Brewster uns zu Hilfe rufen will. Um das zu verhindern, rief er uns in der Rolle des Professors an und versuchte, den Auftrag rückgängig zu machen.«

»Und wegen der schlechten Leitung haben wir den Schwindel nicht sofort bemerkt«, fügte Peter hinzu. »Bei dem Rauschen hätte sich auch Tante Mathilda als Mr Brewster ausgeben können.«

In diesem Moment klingelte das Telefon ein weiteres Mal. Wiederum griff der Erste Detektiv zum Hörer und aktivierte den Lautsprecher.
»Hier Justus Jonas von den drei ???. … Hallo?«
Doch niemand meldete sich. Zunächst dachten die Jungen wegen des leisen Rauschtons, dass es wieder der falsche Mr Brewster wäre. Doch dann erkannten sie, dass es kein technisches Störgeräusch war, sondern das Rauschen von Wind, so als befände sich der Anrufer in freier Natur.
Justus versuchte es erneut. »Hallo! Wer ist denn da?«
Statt einer Antwort mischte sich nun ein zweites Geräusch in den Wind. Zunächst nur unterschwellig und kaum hörbar, dann immer deutlicher.
Bobs Finger umschlossen seinen Kugelschreiber so fest, dass die Knöchel weiß hervortraten. »Das … das sind doch Schreie …«

Warnung aus South Dakota

Die Augen des Ersten Detektivs verengten sich. »Ja … Da schreit irgendjemand oder … irgendetwas. Auf jeden Fall scheinen es mehrere Stimmen zu sein.«
»So schreit doch kein Mensch!«, zischte Peter nervös.
Tatsächlich waren die grässlich langgezogenen Schreie mit nichts zu vergleichen, was die Jungen je zuvor gehört hatten. Einige klangen wie das tiefe Gebrüll von Bären, während andere eher an das kehlige Heulen von Wölfen erinnerten. In ihnen schwang nichts Leidendes oder Angstvolles mit, sondern etwas zutiefst Verstörendes, Bedrohliches. Und sie kamen näher.
Justus' Miene nahm einen entschlossenen Ausdruck an. »Hallo? Ich weiß nicht, was Sie damit bezwecken wollen, aber ich werde jetzt auflegen! Haben Sie ver…«
Bevor er den Satz beenden konnte, übertönte plötzlich ein heiseres Raunen die fernen Schreie.
»Kaonspeeeeee …«
Dann klickte es und die Verbindung war beendet.
»Was … war *das* denn?«, fragte Peter beunruhigt.
Zögernd legte der Erste Detektiv auf. »Ich habe nicht die geringste Ahnung.« Er rieb sich nachdenklich die Nasenwurzel. »Hat einer von euch dieses seltsame Wort verstanden?«
Bob zuckte mit den Schultern. »Es klang so ähnlich wie *Chaos*, aber sicher bin ich mir nicht.«
»Nein«, widersprach Peter. »Da war auf jeden Fall ein langer Ton am Ende, der sich wie ein ›e‹ angehört hat.«
»Ob das wieder dieser Pseudo-Brewster war?«, überlegte der dritte Detektiv, während er sich an den Computer setzte. »Ein weiteres Einschüchterungsmanöver, um uns fernzuhalten?«

Unruhig spielte Peter an seinem leeren Glas herum. »Und was ist, wenn das Ganze kein Manöver war, sondern ... echt?«
»Echt?« Justus hob belustigt die linke Augenbraue. »Du meinst, da haben irgendwelche Monster geschrien?«
»Angehört hat sich's jedenfalls so«, grummelte Peter gereizt. »Wenn uns *das* in South Dakota erwartet, bin ich nicht sonderlich scharf drauf, es live zu erleben.«
In der Zwischenzeit hatte Bob begonnen, ein wenig im Internet zu recherchieren. »Also, über schreiende Nebel kann ich nichts finden, aber zumindest gibt es einen Eintrag über Fort Stockburn.«
Neugierig sah Justus zu ihm hinüber. »Und zwar?«
»Es ist nicht viel. Dieses Nest ist einfach zu unbedeutend. Wenn die Angaben hier stimmen, ist Fort Stockburn eine winzige Siedlung in einer ausgedehnten Prärieebene im Meade County. Entstanden ist der Ort 1892 aus einem ehemaligen Kavalleriestützpunkt.«
»Deshalb also der ungewöhnliche Name Fort Stockburn«, folgerte Justus.
»Genau. Das Fort erhielt seinen Namen zu Ehren des Frontier-Generals Russell Stockburn.« Bob scrollte ein wenig nach unten. »Meade County ist mit etwa dreitausendfünfhundert Quadratmeilen der größte Bezirk in South Dakota. Und zwar ein extrem trockener – nur null Komma drei Prozent der Fläche sind mit Wasser bedeckt. Die Besiedelung ist so dünn, dass im Meade County statistisch nur circa vier Einwohner pro Quadratmeile leben. Tja, das war's dann auch schon an Informationen.«
Peter stöhnte leise. »Ein Präriekaff mitten im Nirgendwo. Sehr verlockend ...«
Stirnrunzelnd betrachtete Justus die Liste. »Wir werden uns wohl auf recht rustikale Verhältnisse einstellen müssen. Mit

Internetzugang oder Handynetz sollten wir also nicht unbedingt rechnen.«
»Zum Glück haben wir ja noch unsere bewährten Walkie-Talkies«, erwiderte Bob.
»Außerdem brauchen wir für jeden von uns einen Kompass und Landkarten der Gegend«, ergänzte Peter.
»Vollkommen richtig, Zweiter«, stimmte Justus zu. »Die Karten werden wir uns vor Ort am Flughafen besorgen.«
»Am besten auch noch Cowboyhüte gegen die sengende Sonne«, schlug Bob vor. »Jetzt im Sommer kann es in South Dakota über dreißig Grad heiß werden …«

Da die Ferien gerade erst begonnen hatten, gelang es Justus, Peter und Bob ohne größere Schwierigkeiten, von ihren Familien die Erlaubnis für die Reise zu erhalten. Schließlich war Professor Brewster eine vertrauenswürdige Respektsperson und der Flug bereits komplett organisiert. Da Peters Vater am nächsten Tag ohnehin in Los Angeles zu tun hatte, erklärte er sich bereit, das Trio morgens am Flughafen abzusetzen.
Um halb zehn am nächsten Vormittag betraten die Jungen die beeindruckende Ankunftshalle des *L. A. International Airport*. Nachdem sie eingecheckt und ihr Gepäck aufgegeben hatten, begaben sie sich mit ihren Bordkarten zum Terminal drei. Dort hielt eine freundliche Service-Mitarbeiterin, die laut Namensschild den klangvollen Namen Bianca Birdsong trug, eine Nachricht bereit.
»Justus Jonas? Dieses Telex wurde an uns weitergeleitet.«
»Vielen Dank.« Überrascht nahm Justus den Umschlag entgegen und öffnete ihn, während Bob und Peter ihm über die Schulter sahen. Die enthaltene Nachricht hatte keinen Absender und bestand nur aus sechs Wörtern:
wegbleiben. die toparden sind nicht aufzuhalten.

»Toparden?«, entfuhr es Peter. »Was soll das denn nun wieder heißen?«
»Gute Frage«, murmelte Bob. »Eins ist auf jeden Fall sicher: Wir sind in Fort Stockburn absolut nicht willkommen.«
»Zumindest nicht bei gewissen Einwohnern«, präzisierte Justus mit düsterer Miene.
Wenig später ertönte der Passagieraufruf und es ging an Bord. Die Detektive hatten drei nebeneinanderliegende Plätze, von denen Justus den Sitz am Fenster wählte. Da der Flug von Los Angeles nach Rapid City inklusive Zwischenlandung in Denver etwa viereinhalb Stunden dauern würde, hatte Bob einiges an Material vorbereitet. Kurz nach dem Start holte er sein Notizbuch hervor und blätterte darin herum.
»Auf einer speziellen Internetseite über die Historie des Meade County habe ich dann doch noch ein paar weitere Informationen über diesen Ort entdeckt. Moment ...« Er entfaltete einen Computerausdruck. »Also: Nachdem der Stützpunkt 1892 aufgegeben wurde, schieden einige Offiziere und Soldaten aus dem Dienst. Sie blieben mit ihren Familien dort und gründeten gemeinsam eine neue Siedlung, die weiterhin den Namen des Forts trug. Ihre Lebensgrundlage waren Ackerbau und Viehzucht.«
»Klingt nach einem echt schweren Leben«, stellte der Zweite Detektiv stirnrunzelnd fest.
»Das war es auch«, bestätigte Bob. »Mit der Bequemlichkeit in den Ostküstenstädten hatte dieses Leben in der Wildnis natürlich nichts zu tun. Aber nur durch solche Pioniere wurde eine Besiedelung des Westens möglich.«
»Solche Präriebewohner müssen ja eine ziemlich harte Schale entwickelt haben«, stellte Peter fest.
»Das gilt auf jeden Fall auch für Fort Stockburn, wo die Bewohner schon immer auf sich allein gestellt waren.« Bob

blickte wieder auf seinen Zettel. »Man versorgte sich durch eigene Ernte, eigenes Vieh und eigenes Wasser mittels eines Grundwasserbrunnens. Noch bis in die Sechzigerjahre wurde aus ihm der Tank eines Wasserreservoirs gespeist. Erst dann wurden Strom-, Gas- und Wasserleitungen nach Fort Stockburn gelegt. Davor hatte man sich ausschließlich über Generatoren versorgt, auf die man in Notfällen immer noch zurückgreifen kann. Mehr Unabhängigkeit geht wirklich nicht.«

Nachdenklich blickte Justus durch das Flugzeugfenster auf die strahlend weiße Wolkendecke hinab. »Eine Insel der Zivilisation in einem Präriemeer.«

»Ein wirklich treffender Vergleich«, erwiderte Bob. »Aber es ist eine Insel, die immer weiter schrumpft. Die jüngere Generation ist inzwischen vollständig in die umliegenden Städte abgewandert.«

»Ich würd's in der Einöde auch nicht aushalten«, gab Peter zu.

»Fort Stockburn stammt eben aus einer untergehenden Zeit«, entgegnete Bob nickend. »Mitte der Siebzigerjahre wohnten noch über hundertzwanzig Menschen im Ort. Inzwischen ist davon nur noch ein knappes Drittel übrig und von denen ist keiner unter sechzig. Sozusagen die Letzten der alten Garde.«

»Eine Kommune von Farmersenioren«, murmelte Justus. »Da bin ich ja mal gespannt, wie die auf uns junge Hüpfer reagieren …

Fort Stockburn

Als die drei Detektive in Rapid City aus dem Flugzeug hinaus auf die Gangway traten, kam es ihnen so vor, als würden sie plötzlich in heiße Laken gehüllt. Nach dem angenehm klimatisierten Flug war der abrupte Wechsel zur sengenden Nachmittagshitze umso extremer. Eilig folgten die Jungen den anderen Passagieren in die deutlich kühlere Flughafenhalle. Nachdem sie ihr Gepäck abgeholt hatten, besorgten sie sich in einem Souvenirladen wie geplant mehrere detaillierte Landkarten und drei breitkrempige Cowboyhüte.

In der Halle am Ausgang wartete ein stark übergewichtiger schnauzbärtiger Mann mit grobschlächtigen Gesichtszügen und einem deutlich zu eng sitzenden *Sioux-Falls-Stampede*-Shirt. Das Symbol dieses Hockeyteams, ein mächtiger Büffel, wurde über dem enormen Bauch bedenklich in die Länge gedehnt und erinnerte jetzt eher an einen dürren Dackel. In der Hand hielt der Mann ein kleines Pappschild mit der Aufschrift *Die drei ???*.

Grüßend hob der Erste Detektiv die Hand. »Guten Tag, Sir! Wir sind die drei ???. Mr Brewster hat Sie geschickt, richtig?«

»Ja, hatter«, nuschelte der Dicke und ließ achtlos das Schild zu Boden fallen. »Da habt ihr euch ja 'n ziemlich bekloppten Namen ausgesucht. Seid ihr 'ne Comedy-Truppe?«

»Äh, so etwas Ähnliches«, erwiderte Justus, der keine Lust verspürte, diesem übel gelaunten Fleischberg den Sinn ihres Detektei-Logos zu erläutern. »Am besten brechen wir gleich auf, damit wir pünktlich zu unserer Vorstellung kommen. Sie kennen ja vermutlich den Weg, Mister …?«

»Daggett«, murmelte der Mann und deutete mit seinem breiten Daumen hinter sich zum Ausgang. »Na, dann los.«

Beim Rausgehen flüsterte Bob dem Zweiten Detektiv ins Ohr: »Ich wusste gar nicht, dass es in South Dakota so sympathische Walrosse gibt.«
Das Trio folgte Mr Daggett über den hitzeflirrenden Parkplatz zu einem verbeulten gelben Taxi, in dessen Kofferraum nur mittels roher Nachhilfe des Fahrers alle Gepäckstücke Platz fanden. Da keiner der Jungen Wert darauf legte, Schulter an Schulter mit dem verschwitzten Grobian zu sitzen, quetschten sie sich zu dritt auf die Rückbank. Dankbar registrierten sie, dass der Wagen eine gut funktionierende Klimaanlage hatte. Der durchdringende Geruch nach Fastfood und Röstzwiebeln war jedoch eine echte Zumutung. Wortlos schob sich Daggett einen riesigen grünen Kaugummi in den Mund, schaltete einen Countrymusiksender auf volle Lautstärke und gab Gas. Nachdem sie Rapid City hinter sich gelassen hatten und die Vegetation allmählich spärlicher wurde, durchbrach Justus schließlich das Schweigen.
»Waren Sie früher schon mal in Fort Stockburn oder ist das Ihre erste Fahrt dorthin?«
»Hab 'ne Tante da. Sie hat mich wohl eurem Mr Boozer empfohlen.«
»Brewster«, korrigierte Bob.
»Von mir aus. Jedenfalls kenn ich das Kaff von früher. War aber schon ewig nich' mehr dort.« Er kurbelte das Seitenfenster herunter und spuckte geräuschvoll den Kaugummimatsch hinaus. »Da sagen sich die Kojoten gute Nacht …«
Wenige Meilen später hatten sie die Zivilisation weit hinter sich gelassen. Unter stahlblauem Himmel breitete sich eine schier endlose, von strauchbewachsenen Hügeln durchzogene Prärie aus. Nach eineinhalbstündiger Fahrt unter nervtötender Country-Dauerberieselung hatten sie dann endlich ihr Ziel erreicht. Mr Daggett hatte nicht übertrieben – Fort

Stockburn war tatsächlich nicht viel mehr als eine Ansammlung von vielleicht drei Dutzend Holzhäusern, die allesamt noch aus der Zeit des Wilden Westens zu stammen schienen. Auf der Westseite ragten Reste der alten Palisade des Forts aus dem Boden. Allein zwei alte Pickups und ein Geländewagen, die in einem offenen Schuppen standen, passten nicht so recht ins Bild. An der südlichen Seite erkannten die Detektive zwei Ställe und eine riesige Scheune, an die sich eine Koppel mit mehreren Pferden anschloss. Dahinter erstreckte sich ein riesiges gelb leuchtendes Weizenfeld, das offenbar kurz vor der Ernte stand. Etwas abseits davon grasten mehrere Rinder auf einer umzäunten Weide. Von den Einwohnern des Orts war dagegen noch niemand zu sehen. Daggett parkte etwa fünfzig Meter vom ersten Haus entfernt.
»Können Sie uns nicht direkt bis in den Ort fahren?«, fragte Peter verwundert.
»Können schon. Hab aber keine Lust, Tante Grace zu treffen. Die ist nerviger als 'ne Blasenentzündung und obendrein noch anhänglich wie 'ne Klette, seit sie sich von ihrem Mann getrennt hat.«
Er öffnete die Fahrertür einen Spalt und spuckte einen weiteren Kaugummi nach draußen. Allerdings machte er keinerlei Anstalten, aus dem Wagen zu steigen und beim Gepäckausladen zu helfen.
»Ihr könnt's euch aussuchen«, brummte er und zündete sich genüsslich eine Mentholzigarette an. »Entweder ihr steigt jetzt aus oder ihr fahrt mit mir zurück nach Rapid.«
Daggett hatte den Satz kaum beendet, da waren die drei Detektive bereits aus dem Wagen gestürzt und zum Kofferraum gehastet. Keine zehn Sekunden später standen sie zwischen ihrem herumliegenden Gepäck und schauten dem davonbrausenden Ford nach.

»In dieses Taxi kriegt mich keiner mehr«, verkündete Peter angewidert. »Wir riechen jetzt bestimmt eine Woche lang nach ranzigem Pommesfett! Dann nehm ich für den Rückweg lieber ein Pferd …«
»Gerade erst angekommen und schon wollen die drei Cowboys ausreiten?«, fragte eine sonore Stimme hinter ihnen.
Überrascht blickten sich die Jungen um und sahen in das lächelnde Gesicht eines weißhaarigen Mannes, der zum Gruß einen Strohhut gezogen hatte.
»Mr Brewster!«, rief Justus freudig und nahm ebenfalls seinen Cowboyhut ab. »Wie schön, Sie wiederzusehen!«
»Die Freude ist ganz meinerseits«, erwiderte der Professor und schüttelte den Detektiven kraftvoll die Hand. »Ich hatte schon von Weitem erkannt, dass ihr kommt.« Er wies auf die deutlich sichtbare Staubwolke, die das Taxi aufwirbelte. »Warum ist Mr Daggett denn nicht noch kurz geblieben? Seine Tante wird sehr enttäuscht sein.«
»Oh, äh – der gute Mr Daggett musste leider sofort zurück nach Rapid City«, erklärte Bob.
»Ich tippe auf einen akuten Cheeseburger-Notfall«, murmelte Peter leise.
»Tja, da kann man nichts machen.« Mr Brewster wandte sich um. »Dann kommt erst mal mit. Ihr habt nach der langen Anreise vermutlich ordentlich Durst, stimmt's?«
»Und ob!«, verkündete Justus dankbar, während Bob und Peter zu den Koffern griffen.
Der Professor wählte nicht den direkten Weg, sondern machte mit den Detektiven zunächst einen kleinen Rundgang durch den Ort und erzählte ihnen, wer in welchem Haus wohnte. Noch immer war kein Mensch zu sehen, aber die Jungen hatten das dumpfe Gefühl, dass hinter den Gardinen zahlreiche Augen zu ihnen herüberstarrten.

»Wo sind die denn alle?«, fragte Bob schließlich.
»In der Nachmittagshitze bleiben die meisten in ihren Häusern«, erklärte der Professor. »Außerdem sind die Leute hier ausgesprochen misstrauisch. Wenn man so weit abseits der Metropolen wohnt, hat man eine grundsätzliche Skepsis gegenüber allem, was aus der ›großen Stadt‹ kommt.«
»Und mit ›großer Stadt‹ ist wahrscheinlich alles außerhalb von Fort Stockburn gemeint«, vermutete Bob.
Mr Brewster schmunzelte. »Ich sehe, ihr habt's begriffen.«
Nun kamen sie an dem großen Brunnen vorbei, der im Zentrum von Fort Stockburn stand. Über seinen Rand war ein hagerer, hohlwangiger Mann mit zerzaustem grauem Spitzbart gebeugt, der leise vor sich hinmurmelnd an der Kurbel drehte. Trotz der Hitze trug er eine unförmige Pelzmütze mit Ohrenschützern.
»Nanu?«, wunderte sich Peter. »Da hat sich wohl jemand in der Jahreszeit geirrt. Außerdem dachte ich, es gibt hier fließend Wasser.«
Der Professor senkte die Stimme. »Das ist Hank Tornby. Er ist ein wenig wunderlich und weigert sich, Leitungswasser zu verwenden.«
Jetzt hatte der Bärtige die Ankömmlinge bemerkt und Mr Brewster tippte grüßend an die Krempe seines Huts. Tornby verengte jedoch nur zornig die Augen und grummelte noch heftiger vor sich hin.
»Dieser Mr Tornby scheint nicht viel von unserem Besuch zu halten«, stellte Justus fest.
»Von Hank dürft ihr keine Herzlichkeiten erwarten. Er wittert hinter allem, was von außerhalb kommt, eine große Verschwörung.«
»Eine Verschwörung?«, fragte Justus überrascht. »Wie ist denn das zu verstehen?«

»Hank Tornby hat es sich in den Kopf gesetzt, dass die Regierung sämtliche Bürger ausspioniert und versucht, sie mit allen nur denkbaren Mitteln zu beeinflussen: Radiowellen, Satellitenstrahlen, Substanzen im Trinkwasser und so weiter. Deshalb besitzt Hank weder Radio noch Fernsehen, trinkt kein Leitungswasser und hat sein gesamtes Haus mit Folien ›gesichert‹.«
Bob grinste. »Und die Mütze dient vermutlich seinem Schutz vor den gefährlichen Strahlen, richtig?«
»So ist es«, erwiderte Mr Brewster. »Aber keine Angst, im Grunde ist er harmlos.«
»Das wird noch zu klären sein …«, murmelte Justus leise.
Der Professor wies nach rechts zu einem flachen Häuschen hinüber, auf dessen Veranda ein altmodischer Schaukelstuhl stand. »So, jetzt sage ich noch schnell Miss Daggett Bescheid, dass sie nicht auf ihren Neffen zu warten braucht.« Er stieg die zwei Stufen zur Veranda hinauf und wollte gerade zur Klinke greifen, da öffnete sich die Tür bereits. Eine stark beleibte Dame mit schneeweißem Dutt und türkis geblümtem Kittelkleid trat aus dem Haus und startete einen gewaltigen Redeschwall.
»Herr Professor, Sie sind es, ich dachte es wäre mein lieber Jerry, der wollte mich doch besuchen kommen, aber wahrscheinlich hat er wieder zu viele Aufträge, der Ärmste. Jaja, es hat eben auch seine Schattenseiten, wenn man einer der besten Taxifahrer des Countys ist, so viel Kundenfreundlichkeit spricht sich natürlich rum wie ein Lauffeuer, da darf Tante Grace nicht böse sein, dass ihr kleiner Jerry-Spatz kaum noch Zeit hat.«
Irritiert schaute Bob seine Kollegen an. »Die kann jetzt aber nicht unseren verschwitzten Pottwal und seine fahrende Fritteuse meinen, oder?«

In diesem Moment erblickte Grace Daggett die drei Detektive und musterte sie eindringlich. Die kleine Nickelbrille auf ihrer spitzen Nase reflektierte das gleißende Sonnenlicht. Dann breitete sich ein Lächeln über ihr rundliches Gesicht aus und sie huschte erstaunlich flink auf die Jungen zu.
»Ihr seid also die Gäste des Professors, die diesen schlimmen Spuk untersuchen wollen, sehr erfreut, euch kennenzulernen. Ich habe gehört, dass ihr mit solchen Dingen Erfahrung habt, das ist ja wirklich fabelhaft! Bleibt aber auf jeden Fall von der alten Scheune weg – die ist baufällig und muss erst wieder instand gesetzt werden. Dann bis später mal und herzlich willkommen in Fort Stockburn!«
Und schon war sie wieder im Haus verschwunden.
»Na, das war ja das komplette Kontrastprogramm zu Mr Tornby«, stellte Justus fest. »In so ziemlich jeder Hinsicht.«
Wenige Schritte weiter waren sie am Ziel und der Professor öffnete die massive Tür. Das Innere des Hauses wirkte deutlich komfortabler, als das verwitterte Äußere vermuten ließ. Die großen Fenster sorgten in Kombination mit dem hellen Holz für eine lichte, freundliche Atmosphäre. Mr Brewster führte die Jungen zunächst ins Wohnzimmer, das von einem mächtigen steinernen Kamin dominiert wurde, auf dessen Sims eine beeindruckende Büffelhorn-Trophäe ruhte. Bob fühlte sich spontan an ein Blockhaus aus alten Westernserien erinnert. Der großformatige Kunstdruck eines Cowboy-Gemäldes des Malers Frederic Remington und die alte Flinte an der Wand unterstrichen diesen Eindruck noch. In der Ecke tickte eine mächtige, fast bis zur Decke aufragende Standuhr. Am Ende eines schmalen Flures befand sich das kleine, aber verhältnismäßig modern eingerichtete Badezimmer. Nachdem sie sich ein wenig erfrischt hatten, gingen die Detektive zurück ins Wohnzimmer. Dort bot der Professor seinen Gäs-

ten an, sich auf dem rustikalen Ledersofa niederzulassen. Anschließend servierte er eisgekühlte Zitronenlimonade und nahm in einem bequemen Korbsessel Platz.

»Ich bin euch zutiefst dankbar, dass ihr gekommen seid, Jungs. Ich wusste mir wirklich nicht mehr anders zu helfen.« Er atmete tief aus. »Zunächst hatte ich mich an Marie und Martin gewandt, aber wegen seiner wichtigen Prüfung …«

»Wir wissen Bescheid und können ihre Rücksicht vollkommen verstehen«, entgegnete Justus lächelnd.

Der Professor erwiderte das Lächeln, wurde dann jedoch wieder ernst. »Fort Stockburn bedeutet mir sehr viel. Bis vor Kurzem war das hier eine einzige Idylle, voller Ruhe und Frieden.«

»Wie haben Sie diesen winzigen Ort eigentlich genau entdeckt?«, fragte Bob. »In Ihrem Brief erwähnten Sie eine Forschungsreise.«

Der Professor nickte. »1976 war ich Mitglied eines Archäologenteams, das im Meade County aktiv war, um historische Fundstätten aus der Zeit der Sihasapa-Indianer zu erforschen. Wir starteten von Sturgis aus mehrere Expeditionen ins Umland und machten eines Tages per Zufall auch in Fort Stockburn Station. Ich habe mich damals sofort in diesen urwüchsigen Ort und seine Menschen verliebt.« Der Anflug eines Lächelns huschte über Mr Brewsters müdes Gesicht. »Das beruhte allerdings nicht unbedingt auf Gegenseitigkeit. Für die Bewohner waren wir eher Störenfriede als Gäste.«

»Aber irgendwann hat man Sie dann doch akzeptiert?«, fragte Peter.

»Sagen wir mal so: Man hat unsere einwöchige Anwesenheit mehr oder weniger klaglos hingenommen. Der Einzige, der sich wirklich über unseren Besuch gefreut hat, war Frank Malvey.« Professor Brewster wies auf ein Foto an der Wand, das einen freundlich dreinblickenden Mann und eine alte Frau zeigte. »Das ist er, zusammen mit seiner Mutter Ethel, vor vielen Jahren.« Er wandte sich wieder um. »Frank interessierte sich sehr für unsere Forschung und half uns bei der Erkundung der Gegend. Mit der Zeit wurden wir beide richtige Freunde. Das lag mit Sicherheit auch daran, dass er selbst genauso ein Querkopf war wie ich. Ein liebenswerter Kauz, mit dem ich mehr als dreißig Jahre lang befreundet war.«

»Aus Ihren Worten schließe ich, dass Mr Malvey inzwischen verstorben ist«, folgerte Justus.

»Ja, vor vier Monaten. Ich bin aus allen Wolken gefallen, als mich ein Notar aus Rapid City darüber in Kenntnis setzte, dass Frank mir sein Haus und Grundstück vermacht hat. Seine Mutter war längst tot, eine Familie hatte er nicht mehr und in Fort Stockburn gab es niemanden, dem er sein Erbe zukommen lassen wollte. Im Testament schrieb er, dass ich der Einzige wäre, der seines Nachlasses würdig sei. Angesichts seiner kargen Lebensverhältnisse eine etwas merkwürdige Formulierung.«

»In der Tat«, stimmte Justus stirnrunzelnd zu.

»Und noch eine Sache hat mich verwundert«, fuhr der Professor fort. »Das Testament war ziemlich knapp und sachlich gehalten – bis auf eine seltsam blumige Zeile, die da nicht so recht hineinpasste.« Er dachte kurz nach, dann fiel ihm der Satz wieder ein. »*Zwar schlägt für mich nun die Stunde des Abschieds, doch wird der stete Tropfen der Zeit uns immer verbinden.*«

Peter stutzte. »Steter Tropfen der Zeit? Klingt wirklich sonderbar.«

»Na, wie auch immer. Da ich mich wegen meines Buches ohnehin für eine Weile zurückziehen wollte, habe ich mich vor drei Wochen dazu entschlossen, hierherzukommen. Es

waren einfach ideale Voraussetzungen zum Schreiben.« Er deutete zum Fenster. »Hier draußen kann man sich völlig …«
Plötzlich stockte der Professor und seine Augen weiteten sich. »Oh nein …«
Überrascht blickten die Detektive nach draußen. Etwa zweihundertfünfzig Meter entfernt wallte eine dichte weiße Nebelwand über einem Hügel.

Phase eins

Justus sprang auf. »Schnell – das muss ich mir aus der Nähe ansehen!«
Gemeinsam stürmten sie nach draußen. Auch andere Bewohner waren nun aus ihren Häusern getreten und blickten zu dem Nebel hinüber, der sich geisterhaft vom tiefblauen Himmel abhob. Neben Hank Tornby und Miss Daggett, die einen aufgeregt hechelnden Schäferhund an der Leine hielt, stand ein breitschultriger Endsechziger mit kahlem Kopf und exakt gestutztem silberweißem Schnurrbart. Er trug ein helles Leinenhemd, blaue Uniformhosen und schwere Reiterstiefel. Seine rechte Hand umschloss einen mächtigen Säbel, dessen Klinge in der Sonne blitzte. Niemand bewegte sich jedoch.
»Phase eins«, krächzte Hank Tornby leise, während er nervös über den Schaft einer doppelläufigen Schrotflinte strich.
»Warum kommt denn keiner mit?«, fragte Justus verständnislos, während er zusammen mit seinen Kollegen und Mr Brewster auf den fernen Hügel zulief.
»Sie wissen, dass es sinnlos ist«, erklärte der Professor schnaufend. »Es beginnt immer auf diese Weise: Erst zeigt sich der Nebel aus weiter Entfernung, so als wolle er uns einschüchtern. Wenn man versucht, ihn zu erreichen, verschwindet er kurz vorher. Danach vergehen einige Stunden, bis er urplötzlich wieder auftaucht und über den Ort herfällt.«
»Die Schreie!«, rief Bob. »Hört ihr das?«
Tatsächlich erscholl nun ein entsetzliches Geschrei aus den Tiefen des Nebels und wurde immer lauter. Doch es kam genau so, wie es der Professor prophezeit hatte: Als Peter, der Schnellste von ihnen, nur noch einen Steinwurf entfernt war, verflüchtigte sich der weiße Schleier und die Schreie verebb-

ten. Kurz darauf hatten sie alle den Hügel erreicht und blickten sich um.
»Nichts«, stellte der Zweite Detektiv ungläubig fest. »Kein Nebel, keine Spuren, gar nichts.«
Kopfschüttelnd ging Justus einige Male im Kreis herum, stocherte mit einem Finger in der Erde und trat mehrmals fest mit dem Fuß auf. »Hier ist tatsächlich nichts zu entdecken. Überaus staunenswert …«
Als sie umkehrten und auf Fort Stockburn zugingen, wirkte der Ort in der flirrenden Luft wie eine Fata Morgana, die genau wie der Nebel in der nächsten Sekunde vom Erdboden verschwinden könnte. Die Einwohner hatten sich wieder in ihre Häuser zurückgezogen. Nichts regte sich, kein Vogel war am Himmel zu sehen. Es fehlte nur noch ein umherrollender Tumbleweedstrauch, um den Eindruck grenzenloser Einsamkeit vollkommen zu machen. Seit die Schreie aufgehört hatten, lag bleierne Stille über dem Land. Trotz der Wüstentemperaturen lief Peter eine Gänsehaut über den Rücken. Nach den grässlichen Schreien wirkte diese völlige Totenstille umso gespenstischer. Ihm kam es so vor, als habe jemand ein riesiges schalldichtes Glas über sie gestülpt, unter dem sich wie in einem gewaltigen Treibhaus die Hitze staute. Hitze und Furcht.
Kurz darauf saßen sie alle wieder im Wohnzimmer des Professors beisammen und erfrischten sich mit einer neuen Kanne Limonade. Mr Brewster wirkte nun sehr angespannt.
»Es ist alles so unfassbar. Dieser Nebel … zerstört Fort Stockburn.« Er seufzte leise. »Es sind ja ohnehin nur noch so wenige hier. Und seit Beginn der Vorfälle bröckelt selbst dieser harte Kern. In den vergangenen Tagen haben bereits fünfundzwanzig von ihnen den Ort verlassen. Wenn dieser Irrsinn nicht aufhört, werden auch die Übrigen bald aufgeben.«
Justus blickte den Professor mitfühlend an. »Mr Brewster, wir

sind fest entschlossen, diesen Vorgängen auf den Grund zu gehen. Aber dafür brauchen wir mehr Einzelheiten. Erzählen Sie uns, wie das alles begann.«

»Das war vor zehn Tagen. Ich hatte es gerade halbwegs geschafft, das Vertrauen der Leute hier zu gewinnen, da tauchte zum ersten Mal der Nebel auf.« Mr Brewster seufzte erneut. »Einige hier sind deshalb der Meinung, dass ich das Unheil über Fort Stockburn gebracht habe.«

»Das ist doch völliger Unsinn«, erwiderte Justus.

»Natürlich ist es das. Aber in Notlagen suchen die Menschen eben ein greifbares Ventil für ihre Angst.« Der Professor erhob sich, ging zu einem wuchtigen Schreibtisch und öffnete eine Schublade, aus der er einen schmalen Ordner nahm. Mit diesem kam er zurück und reichte Justus eine verschmutzte Stadtkarte von Rapid City.

»Das hier fand ich am Morgen nach dem ersten Nebelvorfall vor meinem Haus, beschwert mit einem Stein.«

Vorsichtig entfaltete Justus die Karte. Überrascht erkannten die Detektive, dass der Flughafen von Rapid City mit roter Farbe eingekreist worden war. Darunter stand: ›Abflug!‹

»Das ist deutlich«, murmelte Peter.

»Vier Tage später tauchte der Nebel zum zweiten Mal auf. Kurz darauf entdeckte ich draußen das hier.«

Der Professor entnahm dem Ordner ein Polaroidfoto. Auf der Fotografie war Mr Brewsters Tür zu sehen, an der in großen roten Lettern ›Schuldig!‹ geschrieben stand.

»Nicht gerade sehr dezent«, kommentierte Justus.

»Wahrhaftig nicht«, stimmte Mr Brewster zu. »Nach dem dritten Vorfall wurde es dann noch deutlicher.« Er reichte den Jungen ein weiteres Foto, auf dem die Rückseite des Hauses zu sehen war. An der hölzernen Fassade war, wiederum in blutroter Schrift, ›Verschwinde!‹ zu lesen.

»Das nenne ich unmissverständlich«, stellte Bob fest. »Aber Sie haben sich davon nicht beeindrucken lassen.«
Mr Brewster ließ sich wieder in den Korbsessel sinken. »Es mag unsinnig klingen, aber ich fühle mich meinem Freund Frank einfach verpflichtet, dieses Haus und diesen Ort nicht aufzugeben.«
»Haben Sie denn einen Verdacht, wer dahinterstecken könnte?«, fragte Peter.
»Nein, dafür kämen einfach zu viele infrage.« Mr Brewster blickte bedrückt aus dem Fenster. »Ich kann es dem- oder derjenigen noch nicht einmal verdenken. Ich sagte euch ja schon, dass alle hier sehr misstrauisch sind, da komme ich als Fremder ihnen natürlich umso verdächtiger vor.« Er machte eine ausgreifende Handbewegung. »Niemand hier hat so etwas je erlebt. An sich ist Nebel ja nichts Ungewöhnliches oder Bedrohliches. Auch in einem trockenen Gebiet wie diesem tritt gelegentlich leichter Bodennebel auf. Aber das hier ist etwas völlig anderes.«
»Wie genau verlief denn das erste Mal?«, wollte Bob wissen.
Der Professor ließ erneut seinen unruhigen Blick schweifen. »Es begann ganz harmlos damit, dass der Captain eines Morgens einen ungewöhnlich dichten weißen Nebel am Horizont sichtete.«
»Der Captain?«, fragte Justus erstaunt.
»Patrick Hold«, erwiderte Mr Brewster. »Ein ehemaliger Army-Offizier und glühender Verehrer der Kavallerie-Tradition. Sein Urgroßvater war der befehlshabende Kommandant von Fort Stockburn. Ihr habt Mr Hold übrigens vorhin an der Seite von Grace Daggett gesehen.«
»Ach, dieser schneidige Typ mit dem großen Säbel«, folgerte Peter.
Mr Brewster lächelte. »Genau. Alle nennen ihn nur den Cap-

tain. Wenn es nicht so heiß wäre, würde er wahrscheinlich auch jetzt die Kavallerie-Uniform seines Urgroßvaters tragen. Er ist so etwas wie der Sheriff hier und hat stets ein wachsames Auge auf alles.«

»Wie weit war der Nebel denn entfernt?«, fragte Peter.

»Deutlich weiter als vorhin, vielleicht eine knappe Meile, allerdings im Norden. Nachdem wir die morgendliche Sichtung des Captains schon fast wieder vergessen hatten, tauchte der Nebel gegen zwölf Uhr mittags plötzlich in Fort Stockburn auf, ohne jedes Vorzeichen. Er war ganz einfach da und schloss den gesamten Ort ein. Der Nebel war so dicht, dass man keine zwei Meter weit sehen konnte. Und dann begannen diese entsetzlichen Schreie. So etwas habe ich noch nie zuvor gehört.«

In diesem Moment nahm Bob aus den Augenwinkeln eine schnelle Bewegung am Fenster war. Reflexartig riss er die Hände vor sein Gesicht.

»Vorsicht!«

Fremde unerwünscht

Bevor die anderen reagieren konnten, ertönte ein ohrenbetäubendes Krachen und die Scheibe zerbarst in tausend Scherben. Aufgebracht stürzte der Professor zum zerschlagenen Fenster, gefolgt von den drei Detektiven. Weit und breit war niemand zu sehen. Während Peter auf dem Absatz kehrtmachte und zur Haustür rannte, senkte Mr Brewster fassungslos den Kopf. »Wann sehen die endlich ein, dass ich nicht verantwortlich bin?«

Besorgt legte Justus ihm eine Hand auf die Schulter. »Wer auch immer das war – wenn er sich noch da draußen herumtreibt, wird Peter ihn finden. Kommen Sie, wir helfen Ihnen, dieses Chaos zu beseitigen.«

Der Professor nickte langsam. »Du hast recht, ich muss die Nerven behalten.« Er ging in die angrenzende Küche und kam mit einem Besen und einem großen Eimer zurück. Gerade als Bob mit dem Zusammenfegen begann, kam der Zweite Detektiv zurück ins Wohnzimmer.

»Niemand zu sehen. Aber die Häuser stehen so nah beieinander, dass es jeder gewesen sein könnte. Gerade eben ist dieser Mr Hold rausgekommen und hat zu uns rübergeschaut.«

Wie zur Bestätigung erschien der in der Sonne glänzende Kahlkopf des Captains am eingeschlagenen Fenster.

»Was ist denn hier passiert?«

Auch Miss Daggett kam nun herbeigeeilt und drängte sich neben Mr Hold.

»Ach du meine Güte, das schöne Fenster! Es ist doch hoffentlich niemandem was passiert?«

»Nein, nein – es ist alles in Ordnung«, beschwichtigte Mr Brewster. »Ein dummes Missgeschick, weiter nichts.«

»Dann ist es ja gut«, kommentierte Captain Hold knapp. Seine erhobene Augenbraue verriet jedoch, dass er an den Worten des Professors zweifelte. Mittlerweile hatte Miss Daggett ihren dicken Kopf noch weiter ins Wohnzimmer hineingestreckt und schaute sich neugierig nach allen Seiten um. Ihre ruckhaften Bewegungen erinnerten an ein aufgeregt herumpickendes Huhn.

»Wenn Sie Hilfe beim Aufräumen benötigen, komme ich gerne rein und …«

»Das ist wirklich nicht nötig, vielen Dank, Miss Daggett«, wehrte der Professor ab.

Nach einem letzten prüfenden Blick wandte sich der Captain um und erklärte den anderen Nachbarn, dass nichts Schlimmes passiert sei. Wie auf ein stummes Kommando hin verschwanden die Leute wieder in ihren Häusern. Auch Grace Daggett ließ sich nach einem freundlichen, aber unmissverständlichen Winken von Mr Brewster überzeugen, dass sie getrost gehen könne.

In der Zwischenzeit hatte Justus Farbflecken auf dem Teppich bemerkt und sich vor das Ledersofa gekniet. Vorsichtig zog er einen rot verschmierten Gegenstand hervor. »Da hätten wir also das Wurfgeschoss …«

Der Professor sog scharf die Luft ein. »Das … ist der Seitenspiegel von meinem Geländewagen!«

»Abgebrochen und mit roter Farbe angemalt«, stellte Bob fest.

Justus nickte. »Wer auch immer der Täter ist, er scheint eine ausgesprochene Vorliebe für Rot zu haben.«

Nachdem sie sich im Schuppen davon überzeugt hatten, dass Mr Brewsters Wagen ansonsten unbeschädigt geblieben war, gingen sie ins Haus zurück und dichteten das Fenster provisorisch mit einer Sperrholzplatte ab. Anschließend führte der

Professor seine Gäste in die gemütliche Küche, wo er ihnen in einer riesigen gusseisernen Pfanne Bohnen mit Speck zubereitete. Dazu gab es geröstetes Brot.

»Wie kommen Sie eigentlich an Ihre Lebensmittel?«, fragte Bob interessiert. »Oder wird hier wirklich alles selbst hergestellt?«

»Vieles, aber nicht alles. Miss Daggett hat so etwas wie einen kleinen Laden bei sich zu Hause. Sie fährt zweimal im Monat mit dem Pickup nach Sturgis und macht einen großen Sammeleinkauf für alle, die ihr eine Liste mitgeben. Außerdem holt sie die gelagerte Post ab. Früher hat das ihr Mann Dave gemacht, aber seit ein paar Monaten ist sie geschieden.«

»Verstehe«, erwiderte Peter. »Alles hat seine festen Abläufe.«

»Apropos Abläufe«, meldete sich Justus zu Wort, während er genüsslich zulangte. »Nähern wir uns dem Thema doch mal wissenschaftlich. Selbst wenn man von den bizarren Schreien absieht, sind diese Vorgänge höchst seltsam. Nebel entsteht ja, indem feuchtwarme Luft in Bodennähe abkühlt und das in ihr enthaltene gasförmige Wasser zu feinen Tropfen kondensiert.«

Arnold Brewster lächelte. »Dein enzyklopädisches Wissen kennt immer noch keine Grenzen, stimmt's?«

»Unendliche Weiten …«, murmelte Bob leise.

Geschmeichelt winkte der Erste Detektiv ab. »Das sind doch schlichte meteorologische Grundkenntnisse.«

»Dann besteht Nebel also aus Abermillionen feiner Wassertröpfchen«, hakte Peter nach.

»Wie bei Wolken«, bestätigte Mr Brewster.

Justus nickte. »Genau. Im Grunde ist Nebel nichts anderes als eine Wolke, die dicht über dem Erdboden liegt. Die Wasserdampfsättigung bestimmt dabei, ob es sich um leichten, mäßigen oder starken Nebel handelt.«

Bob runzelte die Stirn. »Dann gehört unser Nebel hier wohl zur stärksten Kategorie.«
»Definitiv«, stimmte Justus zu. »Viel ungewöhnlicher ist aber, dass er das erste Mal an einem Sommermittag aufgetreten ist. Dasselbe gilt für den Vorfall gerade eben. Nebel entwickelt sich ja, wenn feuchte, bodennahe Luft *abkühlt*. Deshalb entsteht der meiste Nebel in der kalten Jahreshälfte, vorwiegend abends und in der Nähe von Gewässern.«
»Einleuchtend«, erwiderte Mr Brewster. »Tagsüber kommt es durch die Sonneneinstrahlung zu einer Verdunstung des Wassers, das dann von der Luft aufgenommen wird. Abends sinken die Temperaturen und das Wasser in der Luft kondensiert zu Nebel.«
»Exakt«, bestätigte der Erste Detektiv. »Es kann zwar auch im Sommer zum Auftreten von Nebel kommen, aber nur in Kombination mit einem plötzlichen Kaltlufteinbruch oder Regen. Und das war ja wohl beides nicht der Fall.«
Mr Brewster schüttelte den Kopf. »Damals wie heute war es den ganzen Tag gleichbleibend heiß und trocken.«
»Dann dürfte es diesen Nebel also gar nicht geben«, stellte Peter fest.
»Unter physikalischen Gesichtspunkten ist es tatsächlich ein Rätsel, wie dieser Nebel entsteht«, erwiderte Justus.
Bob zückte sein Notizbuch und blätterte zu einer Tabelle. »Vor unserer Abreise habe ich noch ein paar Informationen zusammengestellt. Es gibt nämlich viele verschiedene Nebelarten, beispielsweise Boden-, Hoch-, Morgen-, Berg-, See- oder Eisnebel. Aber kein einziger davon passt in unser Schema.«
Peter wandte sich wieder an den Professor. »Wie ist denn dieser erste Zwischenfall ausgegangen?«
»Sehr plötzlich. Nach etwa fünf Minuten war der ganze Spuk

vorbei und der Nebel verflüchtigte sich genauso schnell, wie er gekommen war, so als hätten wir alles nur geträumt.«

Der Erste Detektiv tippte sich nachdenklich ans Kinn. »Wenn wir uns an die Kriterien von Logik und Wissenschaft halten, bleibt festzustellen, dass eine natürliche Ursache für diesen Nebel nahezu ausgeschlossen ist. Somit verbliebe als zweite Möglichkeit nur eine künstliche Erzeugung.«

»Du meinst, jemand benutzt eine Nebelmaschine wie in einigen unserer früheren Fälle?«, fragte Peter skeptisch.

»Zumindest kann man solche Party-Verdampfer problemlos per Katalog bestellen«, erklärte Justus.

»Wenn das Ganze wirklich künstlich erzeugt wurde, muss der Aufwand riesig gewesen sein, um alle Häuser gleichzeitig einzunebeln«, wandte Bob ein. »Für einen Einzelnen wäre das garantiert nicht machbar gewesen.«

»Also müssten an einer solchen Aktion mehrere Personen beteiligt sein«, folgerte Justus. »Womit wir unmittelbar zur Frage nach dem Motiv kommen. Wer in Fort Stockburn sollte einen Nutzen daraus ziehen, dass er seine Nachbarn mit einem solchen Horrornebel ängstigt?«

Mr Brewster kratzte sich an der Schläfe. »Darüber habe ich mir auch schon vergeblich den Kopf zerbrochen. Es gibt ganz einfach niemanden, der dafür infrage käme.« Er deutete zum Fenster hinaus. »Das hier ist seit jeher eine verschworene Gemeinschaft. Natürlich kommt es dann und wann mal zu Reibereien und Streitigkeiten, aber im Ernstfall würde jeder für den anderen einstehen. Sie alle haben ja vor langer Zeit den gemeinsamen Entschluss gefasst, den Jüngeren nicht zu folgen, sondern hierzubleiben und ihren Lebensabend in Fort Stockburn zu verbringen.«

»So etwas verbindet natürlich«, murmelte Bob.

»Es ist ja ohnehin nur noch eine Handvoll hier«, fuhr der Pro-

fessor fort und zuckte hilflos mit den Schultern. »Und von denen würde keiner einen solchen Wahnsinn veranstalten. Außerdem … ist das ja noch nicht alles.«
»Was meinen Sie?«, fragte der dritte Detektiv.
»Dieser schreiende Nebel ist ja schon grauenhaft genug, aber es wird alles noch viel schlimmer durch das … was *in* ihm ist.«

Der Monsternebel

Justus beugte sich vor und sah Mr Brewster bestärkend an. »Erzählen Sie.«
»Als der Nebel das zweite Mal am Horizont auftauchte, war es früher Nachmittag. Wiederum war die Sichtung nur kurz. In der Abenddämmerung passierte es dann. Ich saß dort drüben am Schreibtisch über meinem Manuskript, als ich von den furchtbaren Schreien aufgeschreckt wurde. Draußen vor dem Fenster war alles weiß. Und in den dichten Schwaden … bewegte sich etwas.«
»Hätte das nicht einer Ihrer Nachbarn sein können?«, fragte der dritte Detektiv.
Der Professor schüttelte heftig den Kopf. »Auf keinen Fall. Ich habe zwar nur einen Umriss gesehen, aber die Gestalt war riesig, bestimmt zwei Meter groß. Sie bewegte sich in langsamen und seltsam abgehackten Bewegungen am Fenster vorbei. Der Kopf schien grässlich verformt zu sein und irgendetwas hing an den Schultern herab.«
»Jetzt wird's ungemütlich«, murmelte Peter leise.
Mr Brewster trank einen großen Schluck Wasser. »Auch Jim Sesto, unser Schmied, hat an jenem Abend etwas gesehen. Als sich die Schwaden verzogen hatten und wir alle am Brunnen zusammenkamen, erzählte er uns völlig aufgelöst von schrecklichen großen Augen, die ihn aus dem Nebel heraus angestarrt hätten.« Er wischte sich nervös mit dem Handrücken über die Stirn. »Außerdem erzählte Miss Daggett, sie hätte vom Fenster aus einen riesigen Schatten mit überlangen Armen langsam am Haus des Captains vorbeischleichen und im Nebel verschwinden sehen.«
»Äußerst mysteriös«, stellte Justus fest und atmete tief aus.

»Beim dritten Mal wurde alles noch schlimmer«, fuhr der Professor fort. »Bis dahin hatte es im Ort zwar Unruhe und Besorgnis gegeben, aber niemand hier hätte ernsthaft an Flucht gedacht. Das änderte sich vor drei Tagen. Am späten Nachmittag war – zunächst wieder nur weit entfernt – eine Nebelwand zu sehen. Da wir nun ja wussten, dass der Nebel zurückkehren würde, haben einige, unter anderem der Captain, Nachtwache gehalten. Doch es hat nichts genützt.«
»Was ... ist denn passiert?«, fragte Peter beunruhigt.
»Mitten in der Nacht begann dieses schreckliche Geschrei. Der Nebel war so dicht, dass keine Lampe ihn durchdringen konnte. Wer noch draußen gewesen war, zog sich in die Häuser zurück. Und dann kam der Angriff.«
»Angriff?« Bob hob überrascht die Brauen.
»Plötzlich begann es an den Wänden und an der Tür zu kratzen. Das Schreien wurde immer lauter und vor dem Wohnzimmerfenster stand eine riesige Gestalt mit gelben Augen. Ich bin wirklich kein Feigling, aber da bekam auch ich es mit der Angst zu tun.«
»Verständlich«, murmelte Justus.
»Nach einigen Minuten war es dann plötzlich totenstill und kurz darauf verzog sich der Nebel. Von den anderen erfuhr ich, dass auch sie heimgesucht worden waren. Für viele war damit die Grenze des Erträglichen überschritten. Im Lauf des nächsten Tages reisten sechzehn von ihnen ab. Das war der Moment, in dem ich mich entschloss, euch um Hilfe zu bitten.« Er seufzte. »Nach einem weiteren Angriff gestern früh haben dann neun weitere Bewohner den Ort verlassen.«
»War es genauso schlimm wie beim Mal davor?«, wollte Peter wissen.
Der Professor senkte den Blick. »Schlimmer. Diesmal war es nicht nur ein Scharren und Kratzen, sondern es hämmerte an

der Tür und den Wänden, so als wenn diese … Wesen das Haus in Trümmer legen wollten. Erst als ein Schuss fiel, zogen sie sich zurück. Der Captain hatte in den Nebel gefeuert. Es war wohl eine Kurzschlusshandlung, denn wegen der Nähe der Häuser ist es viel zu gefährlich, ohne Sicht herumzuschießen. Getroffen hat er nicht, jedenfalls haben wir nach Abziehen des Nebels kein Blut oder sonstige Spuren entdeckt. Nur einige zerwühlte Stellen auf dem Boden, sonst nichts.«

Nachdenklich zupfte Justus an seiner Unterlippe. »Eins steht zweifellos fest: Die Vorfälle steigern sich von Mal zu Mal. Zunächst war da nur der schreiende Nebel, dann tauchten die Kreaturen auf, blieben aber zunächst auf Abstand. Beim dritten Vorfall attackierten sie dann zum ersten Mal die Häuser und gestern verstärkten sie den Angriff erneut.«

Bob, der einige Zahlen aufgeschrieben hatte, blickte stirnrunzelnd in sein Notizbuch. »Außerdem werden die Abstände immer kleiner. Der erste Vorfall war vor zehn Tagen, der zweite vor sechs, der dritte vor drei und der letzte gestern.«

Der Erste Detektiv nickte. »Den heutigen Nebel mitgerechnet, waren das vier, drei, zwei und ein Tag Abstand.«

»Wie ein Countdown …«, flüsterte Peter.

Mr Brewster rieb sich nervös das Handgelenk. »Ein regelrechter Zermürbungsfeldzug, zusätzlich gesteigert durch das immer wiederkehrende Muster: erst eine entfernte Sichtung als Ankündigung, dann der Angriff direkt im Ort.«

»Kein Wunder, dass viele hier diesen Druck nicht mehr aushalten konnten«, entgegnete Bob.

Justus atmete tief ein und straffte sich. »Wir müssen bei den weiteren Untersuchungen jedenfalls zwei verschiedene Bereiche getrennt voneinander betrachten: einerseits den rätselhaften Monsternebel und andererseits die Hetzaktionen gegen Mr Brewster.«

»Richtig«, pflichtete der dritte Detektiv bei. »Ich wette, dieser Fenster-Attentäter ist dieselbe Person, die uns von hier fernhalten wollte.«
Der Professor stutzte irritiert. »Wie meinst du das?«
Gemeinsam berichteten die drei Detektive von den beiden Anrufen und dem mysteriösen Telegramm.
»Die Toparden sind nicht aufzuhalten?«, fragte Mr Brewster erstaunt. »Das sagt mir überhaupt nichts.«
»Haben Sie denn irgendeine Vermutung, wer sich für Sie ausgegeben haben könnte?«, fragte Peter.
»Leider nein. Es gibt auf jeden Fall nur wenige Telefonanschlüsse im Ort, die aber oft gestört sind.« Mr Brewster überlegte kurz. »Da wäre Grace Daggett von gegenüber, dann Jim Sesto, das Ehepaar Jackson, das aber vor zwei Tagen den Ort verlassen hat, und ich. Bei mir war definitiv niemand, also muss der Betreffende von einem der anderen Häuser aus angerufen haben. Miss Daggett scheidet von der Stimme her ja sicherlich aus. Dann bleiben außer mir und Hank Tornby noch vier weitere Männer übrig: der Captain, William Prescott, Jim Sesto und Samuel Cobble.« Er holte einen linierten Zettel aus seiner Westentasche und entfaltete ihn. »Bevor ihr kamt, habe ich hier mal die verbliebenen Einwohner von Fort Stockburn und ein paar kurze Anmerkungen für euch notiert.«
Gespannt überflogen die drei Detektive die Liste:

Captain Patrick Hold (alleinstehend, ca. 70)
- ehemaliger Army-Offizier und exzellenter Schütze
- wacht über die Ordnung in Fort Stockburn
- scheint meine Anwesenheit zu akzeptieren
- sehr um die Geschichtspflege bemüht
- streitbar und mitunter ziemlich aufbrausend
- Tendenz: neutral

Grace Daggett (alleinstehend, ca. 65)
- seit einigen Monaten von ihrem Mann Dave Loomis geschieden; hat einen Schäferhund namens Rusty
- besitzt einen kleinen Laden; fährt regelmäßig nach Sturgis
- ehemalige Krankenschwester; für Erste Hilfe zuständig
- von allen Bewohnern am offensten; manchmal glaube ich sogar, dass sie ein Auge auf mich geworfen hat
- Tendenz: positiv

William Prescott (alleinstehend, ca. 70)
- hat die größte Erfahrung als Farmer und beaufsichtigt stets die Aussaat und Ernte auf dem Feld
- scheu und zurückhaltend
- schwer zu beurteilen, ob er meine Anwesenheit toleriert oder ob ich ihm ein Dorn im Auge bin
- Tendenz: eher negativ

Samuel Cobble (Witwer, ca. 80)
- ehemaliger Trapper und ausgezeichneter Jäger
- kennt die Tier- und Pflanzenwelt wie kein Zweiter
- ziemlich verschroben, aber scheint ein gutes Herz zu haben
- hat mir kurz nach meiner Ankunft einen erlegten Truthahn geschenkt
- Tendenz: eher positiv

Jim Sesto (alleinstehend, ca. 60)
- Schmied; außerdem bewandert in Elektrik
- kümmert sich um alle technischen und handwerklichen Probleme im Ort
- im Notfall für das Funkgerät zuständig
- ignoriert mich meistens
- Tendenz: neutral

Hank Tornby (Witwer, Ende 60)
- der Seltsamste unter den Einwohnern; weitgehend isoliert
- glaubt an eine landesweite Verschwörung der Regierung zur Beeinflussung der Bevölkerung
- redet oft mit sich selbst und fantasiert von dunklen Mächten, die überall lauern
- sieht in allem Fremden ein Risiko; geht mir aus dem Weg
- Tendenz: negativ

»Das ist doch schon mal eine gute Grundlage für unsere weiteren Nachforschungen«, lobte Bob.
Peter gähnte unverhohlen. »Aber vorher brauche ich erst mal eine gehörige Mütze voll Schlaf. Der Tag hatte es ja mal wieder ziemlich in sich. Da fällt mir ein …« Beunruhigt sah er den Professor an. »Wenn nach einem entfernten Nebel immer ein Angriff auf den Ort folgt, dann …«
»… dann müssen wir mit einem weiteren Überfall rechnen«, ergänzte der Professor ernst. »Allerdings lässt sich nicht genau vorhersagen, wann das sein wird. Die bisherigen Zeitabstände schwankten zwischen drei und neun Stunden.«
»Wenn wir Pech haben, erleben wir also mitten in der Nacht die nächste Attacke«, murmelte Bob mit düsterer Miene.
»Das kann man so und so sehen«, erwiderte der Erste Detektiv. »Wir sind ja schließlich hier, um diesem Phänomen auf die Spur zu kommen. Und das wird am ehesten möglich sein, wenn wir den Nebel hautnah miterleben.«
»Das sind ja herrliche Aussichten …« Mürrisch biss Peter in die letzte Brotscheibe.
»Dann übernehme ich mal die erste Wache«, bot sich Bob an. Er schaute zum großen Bücherregal hinüber. »Genug Lektüre habe ich ja, um mich wachzuhalten.«
»Einverstanden«, stimmte der Professor zu und wandte sich

an Justus und Peter. »Dann könnt ihr beide euch ja erst mal aufs Ohr legen. Ich verfüge hier zwar über kein Gästezimmer, aber ich habe nebenan ein wenig improvisiert.« Er deutete zu einer Tür auf der gegenüberliegenden Seite. »Da mir das Arbeitszimmer zu dunkel ist, nutze ich es so gut wie gar nicht. Ich habe dort Feldbetten zurechtgemacht, die euch hoffentlich weich genug sind.«

»Da machen Sie sich mal keine Sorgen«, erwiderte Justus lächelnd. »So müde, wie wir sind, könnten wir auch auf blankem Beton schlafen.« Er richtete sich an Bob. »Denk bitte daran, für den Fall der Fälle die Videokamera vorzubereiten.«

Bob grinste. »Mach ich. Aber vorher will ich gründlich duschen!«

Phase zwei

Unruhig wälzte sich Peter im Schlaf hin und her. Im Traum hockte er zusammengekauert in einem gläsernen Käfig, der mitten in einer endlosen Prärie stand. Auf dem Kopf hatte er eine unförmige braune Pelzmütze, die unter dem Kinn fest verknotet war. Vom wolkenlosen Firmament brannte eine gigantische weißglühende Sonne herab. In einiger Entfernung stand ein wuchtiger altmodischer Backofen, aus dem dichte weiße Schwaden aufstiegen. Plötzlich sprang ein riesiges Huhn von der Größe eines ausgewachsenen Elefanten hinter dem Hügel hervor und umkreiste mit zuckenden Kopfbewegungen den Ofen. Im zottigen Federkleid steckten Dutzende türkisfarbene Blumen und auf dem mächtigen Schnabel saß eine glänzende Nickelbrille. Mitten in der Bewegung wandte sich das Monstrum abrupt zu Peter um und jagte mit unfassbarer Geschwindigkeit auf ihn zu. Der gewaltige Schnabel war weit aufgerissen und grauenvolle Schreie zerrissen die Luft. Die wild flatternden Flügel waren so groß wie die eines Sportflugzeugs. Einen Herzschlag später war das Huhn am Käfig angekommen und rannte kreischend um ihn herum. Immer wieder hackte es mit dem säbelartigen Schnabel auf das Glas ein.

TICK, TICK, TICK, TICK, TICK, TICK!

Schweißgebadet fuhr Peter hoch. Sein Puls raste. In den ersten Sekunden wusste er nicht, wo er sich befand und tastete angstvoll nach seiner Nachttischlampe, die er natürlich nicht fand. Erst als sich seine Augen ein wenig an die Dunkelheit gewöhnt hatten und er die schemenhaften Umrisse des schlafenden Ersten Detektivs erkannte, fiel ihm alles wieder ein und er beruhigte sich allmählich.

»Was für ein Albtraum ...«, hauchte er leise und ließ seinen Kopf zurück auf das Kissen sinken.
TICK, TICK, TICK!
Der Schock traf Peter wie ein Faustschlag. Von einer Sekunde zur anderen war die Angst wieder da und schnürte ihm die Kehle zu. Er hatte das Ticken nicht geträumt. Da war jemand am Fenster! Mit zitternden Händen rüttelte er an Justus' Schulter.
»Just! Wach auf!«, stieß er gepresst hervor.
Augenblicklich war der Erste Detektiv hellwach. »Was ist los?«
Hektisch wies Peter zum Fenster. »Da draußen! Da ist irgendjemand!«
In diesem Moment kam Bob herein und mattes Licht fiel ins Zimmer. »Ist etwas passiert? Ich hab euch sprechen hören.«
Statt einer Antwort legte Justus seinen Zeigefinger an die Lippen. Angespannt horchten die Jungen in die Stille, doch nichts rührte sich. Vorsichtig stand der Erste Detektiv auf und schlich zum Fenster. Er wartete noch einige Sekunden und lauschte, dann riss er mit einem schnellen Ruck die schwere Gardine zur Seite.
»Lieber Himmel ...«, hauchte Bob.
Im fahlen Licht des Vollmonds wogten dichte Nebelschwaden vor dem Haus, aus denen plötzlich grässliche Schreie erschollen. Ein lautes Kratzen an der Wand ließ die Jungen zusammenzucken.
»Das gibt's doch nicht! Was ist denn das?«, fragte Peter verängstigt.
Justus' Gesichtszüge verhärteten sich. »Was auch immer das ist – es ist zweifellos real.«
In die gellenden Schreie mischte sich jetzt ein tiefes, bedrohliches Knurren. Es war erschreckend nah. Erneut erklang ein

lautes Kratzen, das sich knapp unterhalb der Decke an der Außenwand entlangzog.
»Das hört sich wie die Krallen eines Tieres an«, murmelte Bob fassungslos.
Peter wich ins Innere des Zimmers zurück. »Was für ein riesiges Tier soll das denn sein??«
Bevor Justus einen klaren Gedanken fassen konnte, hallten donnernde Schläge durchs Haus.
»Das ist an der Haustür!«, rief Bob schockiert.
Wieder hämmerte es, diesmal noch heftiger und von mehreren Seiten gleichzeitig. Eine Sekunde später erlosch das Licht im Wohnzimmer.
»Justus – was sollen wir denn jetzt machen?«, keuchte Peter. Sein Herz schlug ihm bis zum Hals.
Auch dem Ersten Detektiv stand der Schrecken deutlich ins Gesicht geschrieben. »Wir ... wir müssen ...«
Weiter kam er nicht, denn in diesem Moment stürzte der kreidebleiche Professor ins Zimmer.
»Sie sind überall!«, rief er erschüttert. »Am Schlafzimmerfenster, auf der Rückseite, an der Haustür, einfach überall! Außerdem ist der Strom ausgefallen!«
Als hätte Mr Brewster einen unsichtbaren Schalter in Justus' Kopf umgelegt, setzte nun das klare Denkvermögen des Ersten Detektivs wieder ein.«
»Jeder nimmt seine Taschenlampe! Bob – schnapp dir die Videokamera und schalt auf Nachtsichtmodus! Peter, du holst die Flinte von der Wand im Wohnzimmer!«
»Die ist doch uralt und ich habe gar keine Munition dafür!«, wandte der Professor ein.
»Das wissen die Angreifer aber nicht«, erwiderte Justus. »Gehen Sie in die Küche und suchen Sie sich etwas zur Verteidigung. Sie haben doch dieses große Fleischmesser! Ich gebe

Bob Deckung, während er Aufnahmen macht. Wir versuchen es am Fenster neben der Haustür, los!«
Augenblicklich setzte hektisches Treiben ein. Taschenlampen wurden eingeschaltet, hastig Hosen angezogen und Schuhe übergestreift. Nacheinander stürmten sie aus dem Arbeitszimmer zu den besprochenen Positionen. Während Mr Brewster sich lautstark in der Küche zu schaffen machte, versuchte Peter, im Wohnzimmer die klemmende Flinte aus ihrer Halterung zu zerren. Dazu stützte er sich mit der linken Hand an der mächtigen Standuhr ab, doch das Gewehr löste sich einfach nicht. Mit einem lauten Dröhnen schlug die Uhr plötzlich Mitternacht. Peter wirbelte zur Seite und erstarrte, als er im Glas des Uhrenkastens die Spiegelung einer grauenvollen Fratze entdeckte. Hastig drehte sich der Zweite Detektiv um und taumelte keuchend zurück. Die Spanplatte, mit der sie am Nachmittag das Fenster zugenagelt hatten, war herausgebrochen worden und lag nun zersplittert am Boden. Eine albtraumhafte Gestalt schwankte knurrend direkt vor dem geborstenen Fensterrahmen und glotzte Peter aus großen, gelb leuchtenden Augen an. Das unförmig flache Gesicht des Wesens war mit dichtem schwarzem Fell bewachsen und von seinem Körper hingen lange Zotteln herab. Gierig strich sich die Kreatur immer wieder mit ihren Krallen über das aufgerissene, schwarz verschmierte Maul, aus dem spitze Reißzähne ragten.
Ohne nachzudenken griff Peter rechts neben sich zu einer Flurkommode, auf der er nach dem Duschen den Fön liegengelassen hatte. Er riss den altmodischen Fön wie einen klobigen Revolver in die Höhe und schrie: »H...Hände hoch!«
Für den Bruchteil einer Sekunde blitzte ein kaltes Licht im Nebel auf und blendete den Zweiten Detektiv. Als er wieder klare Sicht hatte, war das Wesen verschwunden. Auch das

grässliche Geschrei war mit einem Schlag verstummt. Schwer atmend kam Mr Brewster angelaufen, in der rechten Hand hielt er ein großes Messer.
»Was ist passiert? Bist du verletzt?«
Zögernd schüttelte Peter den Kopf und deutete auf das zerstörte Fenster. »Da ... da war ein Tiermensch!«
Die Haustür quietschte. Offensichtlich wagten sich Bob und Justus nach draußen.
»So, jetzt hab ich aber die Nase voll!« Peter schluckte seine Angst hinunter, drehte sich erneut zur Wand um und riss mit roher Gewalt die Flinte samt Messinghaltern aus der Verankerung. Begleitet vom Professor stürmte der Zweite Detektiv mit dem Gewehr im Anschlag zur offenen Tür. Vor dem Haus stand Justus an der Seite von Bob, der mit seiner Videokamera die gespenstische Szenerie abschwenkte. Die Nebelschwaden hatten sich bereits stark gelichtet und gaben den Blick auf die Nachbarhäuser frei. An den Fenstern erkannte Peter im Mondlicht die Gesichter von Miss Daggett und Captain Hold, die betroffen nach draußen starrten. Mehrere Scheiben waren zersplittert und in viele Wände waren tiefe Furchen gerissen worden. Der Boden war an zahlreichen Stellen aufgewühlt und wies seltsame Schleifspuren auf. Erst jetzt bemerkte Peter die hagere Gestalt von Mr Tornby, der reglos mitten auf der einzigen Straße des Ortes stand. Abgesehen von der Fellmütze war er nur mit einem weiten Nachthemd bekleidet. Er blickte apathisch ins Leere und seine Lippen bebten.
»Phase zwei«, murmelte er kaum hörbar.

Dem Grauen auf der Spur

Nachdem Mr Brewster sich bei den Nachbarn vergewissert hatte, dass niemand verletzt war, reparierte er gemeinsam mit den drei Detektiven notdürftig die gröbsten Schäden. Dabei besprachen sie die unfassbaren Ereignisse, deren Schrecken immer noch nachwirkten. Nach kurzer Kontrolle der Videoaufnahmen bestätigte sich die Befürchtung, dass außer dem Nebel und den Spuren nichts Brauchbares zu erkennen war. Die Kreaturen hatten sich bereits zurückgezogen, als Bob mit der Kamera in Stellung gegangen war. Da in der Nacht nichts mehr ausgerichtet werden konnte, beschlossen sie gegen halb zwei, sich noch für ein paar Stunden hinzulegen.

Als die Jungen am nächsten Morgen in die Küche kamen, hatte der Professor bereits ein herzhaftes Frühstück mit Rührei, Speck, Pfannkuchen und Toast vorbereitet. Erfreut blickte Mr Brewster ihnen entgegen.

»Guten Morgen, ihr drei! Na, konntet ihr ein bisschen schlafen?«

»Um ehrlich zu sein, war es nach dem nächtlichen ›Besuch‹ ziemlich schwierig, wieder zur Ruhe zu kommen«, erwiderte Bob gähnend, während er seinen Pfannkuchen dick mit Ahornsirup beschmierte.

»Das ging mir genauso«, entgegnete der Professor. »Bei jedem Geräusch bin ich aufgeschreckt und habe nach dem Messer gegriffen.« Er schüttelte fassungslos den Kopf. »So kann es einfach nicht weitergehen.«

»Das wird es auch nicht«, sagte Justus entschlossen. »Ich bin überzeugt davon, dass wir dieses Höllenspektakel aufklären werden.«

»Ach ja?«, fragte Peter skeptisch. »Und hat unser Logikgenie

schon irgendeine Idee, was das für Tiermonster waren, die gestern beinahe das Haus gestürmt hätten?«
»Noch nicht«, gestand der Erste Detektiv. »Auch die Spuren vor dem Haus ermöglichen keine eindeutige Zuordnung. Ich war nach dem Aufstehen kurz draußen und habe mir alles bei Tageslicht angesehen. Diese Wesen haben sich offensichtlich schlurfend fortbewegt, sodass keine klaren Konturen zu erkennen sind. Die Spuren verlieren sich nach ein paar Metern im übrigen Wirrwarr aus Fuß- und Hufabdrücken auf der Straße. Einen kleinen Fund konnte ich dennoch machen.« Mit spitzen Fingern holte er ein braunschwarzes Haarbüschel aus seiner Hosentasche. »Diese Fellhaare habe ich aus einem der Risse an der Wand gezupft.«
»Darf ich mal sehen?«, fragte Mr Brewster, nahm vorsichtig das Fundstück entgegen und betrachtete es eingehend. »Hm, ich bin zwar kein Zoologe, aber das scheint mir tatsächlich Tierhaar zu sein.«
»Dann müssen wir ja nur noch klären, welches aufrecht gehende, zwei Meter große Tier mit flacher Schnauze und Reißzähnen das gewesen sein kann«, stellte Peter bissig fest.
Justus nahm sich einen großen Löffel Rührei nach. »Um der Lösung dieses Rätsels auf die Spur zu kommen, sollten wir zunächst die verbliebenen Einwohner von Fort Stockburn einer gründlichen Befragung unterziehen.«
Mr Brewster zog die Stirn in Falten. »Die härteste Nuss wird sicherlich Hank Tornby sein. Seit meiner Ankunft wollte ich ihn schon ein paar Mal besuchen, aber er hat mich nie in seine Hütte gelassen. Da wird er bei euch wohl kaum eine Ausnahme machen.«
»Dann übernehmt ihr den mal besser zu zweit«, schlug Bob vor. »Währenddessen werde ich nebenan den Captain befragen.«

Der Professor nickte. »Gut, in der Zwischenzeit werde ich Mr Sesto bitten, mir bei der Reparatur des Fensters zu helfen.«
Besorgt blickte der Zweite Detektiv zum wieder angebrachten Sperrholzschutz hinüber. »Am besten fragen Sie ihn, ob er Panzerglas hat …«

Nachdem sie das Frühstück beendet und ausgiebig geduscht hatten, machten sich die Jungen auf den Weg. Justus und Peter mussten zunächst den Ort durchqueren, um zu der etwas abseits gelegenen Hütte von Hank Tornby zu gelangen, die direkt neben der großen Scheune stand. Bob dagegen hatte nur wenige Schritte bis zu Miss Daggetts Nachbar zu gehen. Wegen des hohen Flaggenmasts war das Haus des Captains von jeder Position in Fort Stockburn aus gut zu finden. Wie Mr Brewster berichtet hatte, hisste Mr Hold an jedem Sonnenaufgang in einer feierlichen Zeremonie die amerikanische Flagge und holte sie in der Abenddämmerung wieder ein. Beides begleitete er stets mit einem Salut auf seiner Kavallerie-Trompete.
Jetzt stand Bob vor der Tür des Captains. Nervös strich sich der dritte Detektiv die Haare glatt, atmete noch einmal tief durch und klopfte zaghaft. Die Reaktion kam prompt.
»Auf die Tür ist ein 45er-*Smith-and-Wesson-Schofield*-Revolver gerichtet«, drohte eine tiefe Reibeisenstimme von innen. »Und ich werde nicht zögern, von ihm Gebrauch zu machen, wenn du mir irgendwie dumm kommst, Greenhorn.«
Bob schluckte heftig und versuchte krampfhaft, trotz seines Schrecks ruhig und höflich zu klingen. »Ich … äh … ich werde Ihnen auf keinen Fall dumm kommen, Mr Hold. Ich möchte Ihnen lediglich …«
»Es heißt *Captain* Hold und Sir, verstanden?!«, dröhnte es zurück.

»J...Ja, Captain, Sir, natürlich, Sir«, bestätigte Bob überhastet und fluchte in Gedanken über seine Entscheidung, diesen schießwütigen Veteranen zu übernehmen.
»Na, dann schwing endlich deinen Hintern rein, oder soll ich mir hier die Seele aus dem Leib brüllen?«
»N...Nein, natürlich nicht, Sir. Dann komme ich jetzt rein, ja? B...Bitte nicht aus Versehen schießen.«
»Hör mal gut zu, du gelackter Stadtschnösel: Ich habe in meinem Leben mehr als zehntausend Schüsse abgefeuert, aber keinen einzigen davon aus Versehen!!«
»Sehr beruhigend«, murmelte der dritte Detektiv, nahm all seinen Mut zusammen und drückte die Türklinke.

Zur selben Zeit kamen Bobs Kollegen vor der windschiefen Hütte von Hank Tornby an, aus deren Dach zahlreiche dünne Stangen ragten wie die Stacheln eines übergroßen Igels.
»Was soll das denn sein?«, fragte Peter verwundert.
Justus schmunzelte. »Ich tippe auf irgendein raffiniertes Abwehrsystem gegen gefährliche Strahlen aus dem All.«
Zögernd näherten sie sich der Tür, deren Rahmen mit einer seltsamen rot-silbernen Folie beklebt war.
»He! Was habt ihr hier zu suchen?«, keifte plötzlich eine krächzende hohe Stimme von rechts. Irritiert blickten die Detektive zu Hank Tornby hinüber, der offensichtlich gerade vom Brunnen kam und einen großen Wassereimer schleppte. Sein Gesicht unter der dicken Pelzmütze glänzte zornesrot in der Sonne.
»Um ehrlich zu sein, wollten wir zu Ihnen, Mr Tornby«, erwiderte Justus freundlich lächelnd.
»Aha!«, rief der Alte, setzte den Eimer ab und deutete mit wedelndem Zeigefinger auf die beiden Jungen. »Dann beginnt jetzt also Phase drei, ja?«

»Phase drei?«, fragte Peter verwirrt. »Was meinen Sie denn?«
»Tut doch nicht so scheinheilig!«, zeterte Tornby. »Mir macht ihr nichts vor. Ihr spioniert hier im Auftrag des Geheimdienstes! Wirklich schlau, so junge Agenten einzusetzen, um keinen Verdacht zu erwecken!«
Erst jetzt bemerkte Justus, dass Mr Tornby die linke Hand erhoben hatte und nun unter seine Weste schob. Ohne lange nachzudenken, machte der Erste Detektiv zwei schnelle Schritte nach vorn, legte die Hände auf Tornbys dürre Schultern und sah ihm fest in die Augen.
»Sir, ich schwöre Ihnen beim Kirschkuchen meiner Tante Mathilda, dass wir nicht im Auftrag des Geheimdienstes hier sind und keine böse Absichten verfolgen.«
Dieser ungewöhnliche Schwur schien Mr Tornby zu beeindrucken. Er blinzelte irritiert, so als hätte sich soeben vor seinen Augen ein grimmiger Wolf in einen harmlosen Hamster verwandelt. Zögernd ließ er die linke Hand sinken.
»Ihr … wurdet nicht vom Pentagon geschickt?«
»Ganz bestimmt nicht, Mr Tornby«, bekräftigte Peter. »Wir sind Freunde von Mr Brewster und wollen dabei helfen, die unheimlichen Vorfälle hier aufzuklären.«
»Herrje, herrje«, hauchte der Alte und wandte den Blick ab. Kopfschüttelnd ging er einige Schritte im Kreis herum und rieb sich immer wieder hektisch über die Pelzmütze. Er schien darüber nachzugrübeln, was er jetzt tun sollte.
»Vollkommen ahnungslos, die kleinen Racker …«, murmelte er leise und zupfte an seinem Kinnbart. Schließlich blieb er stehen und deutete zu seinem Haus.
»Also gut, dann werde ich euch einweihen. Aber nicht hier draußen – die haben ihre Ohren überall. Und wenn sie euch erwischen …« Er starrte die Jungen beschwörend an. »… dann kommt ihr nie mehr zurück!«

Schwierige Recherchen

Der Captain hatte den dritten Detektiv in die Küche geführt und wies ihn nun mit einer stummen Kopfbewegung an, sich an den großen Eichenholztisch zu setzen. In stocksteifer Haltung wartete Bob auf weitere Anweisungen des Hausherrn, der den schweren Revolver inzwischen glücklicherweise wieder in sein Holster am Gürtel gesteckt hatte.

»Also?«, fragte Mr Hold schließlich mit strengem Blick. »Wie heißt du und was willst du hier?«

Bob versuchte, ein zaghaftes Lächeln zustande zu bekommen, was ihm allerdings schwerfiel. »Mein Name ist Bob Andrews und wenn Sie gestatten, würde ich Ihnen gerne …« Er wollte gerade zu seiner Geldbörse greifen, um eine Visitenkarte hervorzuholen, erstarrte jedoch in der Bewegung, als die rechte Hand des Captains sich wieder um den Griff des Revolvers schloss.

»Immer schön langsam, Kleiner«, raunte Mr Hold drohend. »Sonst kannst du dich gleich über einen zweiten Bauchnabel freuen.«

»Ich … ich wollte Ihnen nur … die Visitenkarte unserer Detektei zeigen«, erwiderte Bob. Der Schweiß auf seiner Stirn hatte längst nichts mehr mit der drückenden Hitze zu tun.

»Detektive??«, polterte der Captain. »Du willst mich wohl auf den Arm nehmen?! Die beiden anderen Bengel und du, ihr wollt Detektive sein?! Im Kindergarten, oder wie?«

»Ich … ich kann Ihre Skepsis durchaus verstehen«, erwiderte Bob vorsichtig. »Aber wir haben mit unserer Detektei schon ziemlich viele Fälle gelöst.« In Zeitlupentempo zog er seine Geldbörse hervor und reichte Mr Hold die berühmte Karte der drei ???.

»Schon klar«, knurrte Mr Hold spöttisch und schnippte die Karte lässig zurück zu Bob. »Ich kann's mir lebhaft vorstellen: Verlorene Haarspangen, verschwundene Dreiräder und so weiter. Aber was habt ihr hier bei uns in Fort Stockburn verloren?«

»Äh … Professor Brewster hat uns gebeten, bei der Aufklärung der Nebelangriffe zu helfen.«

»Hier gibt's nichts zu helfen!«, schimpfte der Captain verärgert. »Wir haben uns hier immer gegen alle Bedrohungen allein verteidigt: Kojoten, Dürren, Wirbelstürme, Hippies, Präriebrände. Da brauchen wir ganz bestimmt keine Hilfe von drei dahergelaufenen Stadtgören!«

Beschwichtigend hob Bob die Hand. »I…Ich respektiere Ihre Ansicht natürlich. Wir würden auch nie wagen, Ihre Fähigkeiten zu bezweifeln. Aber Sie müssen doch zugeben, dass dieser Nebel anders ist als alles, was Sie bisher erlebt haben, oder?«

Einige Sekunden lang schwieg Mr Hold und schaute finster aus dem Fenster hinaus. Dann gab er einen lauten Seufzer von sich und legte seine groben Hände auf den Tisch.

»Der Nebel will uns zugrunde richten. Und er scheint unaufhaltsam zu sein.« Er deutete hinter sich auf die Wand, an der mehrere Winchester-Gewehre hingen. »Was nützen Kugeln, wenn man seinen Gegner nicht sehen kann? Außerdem stehen die Häuser so dicht zusammen, dass einer von uns getroffen werden könnte. Dieser Nebel ist einfach teuflisch.«

»Haben Sie … denn irgendeine Vermutung, was das alles zu bedeuten hat?«, fragte Bob unsicher.

»Oh ja, die habe ich«, erwiderte Hold finster. »Aber was nützt das schon? Gegen die Dämonen der Vergangenheit ist nichts auszurichten.«

Der dritte Detektiv stutzte. »Dämonen? Was meinen Sie?«

»Ich habe schon viel zu viel gesagt«, wiegelte der Captain ab. »Aber eines kannst du mir glauben: Es gibt hier draußen Dinge, die du dir in deinen schlimmsten Albträumen nicht ausmalen kannst. Und deshalb rate ich dir: Geh zurück zu deinen Freunden und verschwindet mit dem Professor, bevor es zu spät ist!«

»Und … Sie?«, fragte Bob verunsichert.

Captain Hold lehnte sich in seinem Stuhl zurück und betrachtete den alten Kavalleriesäbel, der griffbereit an einem Küchenschrank lehnte. »Ich werde mich meinem Schicksal stellen …«

In der Zwischenzeit hatte Hank Tornby seine Gäste hineingeführt und die Tür mit zwei Schlössern und einem schweren Riegel gesichert. Im Inneren der Hütte herrschte dämmriges Halbdunkel, da sämtliche Fenster mit derselben rot-silbernen Folie wie am Türrahmen verklebt waren. Obwohl es helllichter Tag war, entzündete Mr Tornby deshalb eine Petroleumlampe und stellte sie auf eine runde Holzplatte in der Mitte des Raumes. Erst jetzt erkannten Justus und Peter, dass sämtliche Wände feuerrot angemalt waren. Dasselbe galt für die wenigen Einrichtungsgegenstände. Doch nicht allein die Farbe war seltsam. In der Hütte sah es so aus, als wäre kürzlich ein Tornado hindurchgefegt. Überall lagen Papiere, zerknitterte Karten, aufgeschlagene Bücher und seltsame Zeichnungen herum. An den Wänden hingen Hunderte kleiner Zettelchen, die mit endlosen Zahlenreihen und rätselhaften Symbolen bekritzelt waren. Die Decke war sowohl mit roten Folien als auch einem merkwürdigen Netz verhängt, in dem Dutzende Silberkügelchen baumelten. In der rechten hinteren Ecke des Raums erkannte Justus unter einem roten Stoffzelt eine zerlumpte Matratze. An den oberen Kanten des Zelts waren zwei lange Spitzen angebracht, wie sie auch aus dem Hüttendach herausragten.

»Warum ist hier denn fast alles rot?«, fragte Peter verwundert.

»Rot isoliert gegen Manipulationsstrahlen«, erwiderte Mr Tornby mit bedeutungsvoller Miene und zog eine kleine Farbtube aus seiner Weste. »Ich habe immer eine Reserve dabei, um mir im Notfall Stirn und Schläfen einzuschmieren. Ohne rote Farbe gehe ich niemals aus dem Haus.«

»Überaus interessant …«, murmelte Justus.

»Dann sucht euch mal irgendwo Platz«, forderte Tornby die Jungen auf. »Stühle hab ich nicht, weil die das statische Gleichgewicht im Raum stören würden. Also müsst ihr mit dem Boden vorliebnehmen.«

Nachdem sie sich vorsichtig in dem unüberschaubaren Zettelchaos niedergelassen hatten, nahm Hank Tornby zum ersten Mal seine Pelzmütze ab und entblößte einen spärlich behaarten Stoppelkopf. Eindringlich blickte er die Jungen an. »Ihr wollt also die Wahrheit wissen, ja?«

»Das wollen wir, Mr Tornby«, erwiderte Justus ernst.

»Also gut, dann hört zu.« Seine Stimme war jetzt nur ein Flüstern. »Es geht um … die große Invasion!«

»Invasion?«, fragte Peter verwirrt.
Tornby nickte heftig und deutete mit dem dürren Zeigefinger nach oben. »Von da draußen. Sie sind schon sehr nah!«
Justus hob irritiert die Augenbrauen. »Wer sind *sie*?«
Der Alte rückte noch näher an die Jungen heran. Seine Augen flackerten vor Aufregung.
»Die Toparden!«

Grübelnd verließ der dritte Detektiv das Haus des Captains. Das Gespräch mit Mr Hold war eher verwirrend als aufschlussreich gewesen. Was hatte er nur mit den Dämonen der Vergangenheit gemeint? Genervt schirmte Bob sein Gesicht mit der Hand gegen die sengende Sonne ab. Er beschloss, ab jetzt auch für kurze Strecken den Cowboyhut mitzunehmen, und schlenderte zurück zu Mr Brewsters Haus. Dort angekommen, war er zuerst überrascht, einen fremden Mann anzutreffen, der sich draußen am kaputten Fenster zu schaffen machte. Doch dann fiel Bob wieder ein, dass der Professor Hilfe vom handwerklich versierten Schmied erbitten wollte. Jim Sesto war ein braun gebrannter Hüne mit kurzen eisgrauen Haaren und Dreitagebart. Er trug eine ölverschmierte Arbeitshose und ein ärmelloses blaues Hemd, das an mehreren Stellen Löcher hatte. Gerade war er dabei, mit einem Zollstock den geborstenen Rahmen abzumessen. Im offenen Fenster tauchte das lächelnde Gesicht von Mr Brewster auf.
»Ah, Bob, schon wieder zurück? Darf ich vorstellen: Mr Sesto, der so nett ist, mir ein wenig unter die Arme zu greifen.«
»Sehr angenehm«, entgegnete der dritte Detektiv und trat einen Schritt näher heran. »Da Sie ohnehin gerade hier sind, könnte ich Ihnen vielleicht einige Fragen zu den Nebelvorfällen stellen?«

»Hab schon mit dem Prof geredet«, grummelte der Schmied.
»Der gute Mr Sesto weiß leider auch nicht mehr als wir«, erklärte Arnold Brewster betrübt.
Bob überlegte kurz, dann wandte er sich nochmals an Mr Sesto. »Und sagen Ihnen die ›Dämonen der Vergangenheit‹ vielleicht etwas?«
Sesto hielt inne und funkelte den dritten Detektiv zornig an. »Ihr Rotzbälger habt doch keine Ahnung! Das alles ist über hundert Jahre her – keiner von uns trägt irgendeine Verantwortung.«
Verwirrt hob Bob die Augenbrauen. »Wie meinen Sie das?«
»Ich meine gar nichts«, wiegelte der Schmied ab. »Aber ich rate euch, so schnell wie möglich zu verschwinden. Das hier ist kein Platz für Kinder!«
»Schon gut, ich habe verstanden«, beschwichtigte Bob und trat den Rückzug ins Haus an. Drinnen erwartete ihn der Professor mit einem Glas Wasser.
»Nimm es Mr Sesto bitte nicht übel. Bei uns allen sind die Nerven sehr angespannt.« Sorgenvoll blickte Mr Brewster zum hohen Flaggenmast hinüber. »So muss es sich angefühlt haben, als dieses Fort noch im Kriegszustand war.«
»Wahrhaftig«, stimmte Bob zu und nahm einen großen Schluck. Nachdenklich holte er sein Notizbuch hervor und blätterte darin herum. »Was kann nur mit diesen ›Dämonen‹ gemeint sein?«
»Das frage ich mich auch«, erwiderte der Professor stirnrunzelnd. »Ich erinnere mich, dass auch einer der anderen Einwohner vor einiger Zeit dieses Wort benutzt hat. Es muss irgendwie mit der Vergangenheit von Fort Stockburn zusammenhängen. Und ich habe da auch eine bestimmte Ahnung ...« Er ging zum großen Bücherregal neben seinem Schreibtisch. »Dieser Ort ist viel zu klein, als dass er eine eigene Chronik

hätte. Aber für mein neues Buch über die amerikanischen Naturvölker habe ich zahlreiches Hintergrundmaterial gesammelt. Da müssten auch ein oder zwei Bücher über die Indianer in South Dakota dabei sein.«

»Und Sie glauben, dass darin die Lösung zu finden ist?«

»Möglicherweise«, entgegnete Mr Brewster, während er mit dem Zeigefinger das Regal abwanderte. »Aber das werden wir erst feststellen, wenn ich die Bücher gefunden habe.«

»Dann wünsche ich Ihnen viel Erfolg. Wenn ich zurückkomme, helfe ich Ihnen gerne bei der Recherche.« Nachdem er das Glas ausgetrunken und seinen Hut geholt hatte, beschloss der dritte Detektiv, es nun beim Farmer Prescott zu versuchen. Er wohnte auf der Ostseite, genau entgegengesetzt von Mr Brewsters Haus. Nachdenklich ging Bob die staubige Straße hinunter und kickte gelegentlich ein Steinchen beiseite. Wie so oft war weit und breit keine Menschenseele zu sehen. Ein leises Rascheln hinter ihm ließ den dritten Detektiv aufhorchen. Er blieb stehen und wandte sich um. Nichts. Nur hölzerne Fassaden vor einem unwirklich blauen Himmel. Achselzuckend setzte Bob seinen Weg fort, ohne zu bemerken, dass er aus einer dunklen Nische von einem argwöhnischen Augenpaar beobachtet wurde.

Auf das Klopfen an Mr Precotts zerkratzter Haustür reagierte niemand und auch durch die verdreckten Fenster war nichts zu erkennen. Dann hörte Bob das Geräusch eines Hammers auf Metall. Neugierig ging er um das Haus herum und lugte um die Ecke. In einem offenen Schuppen war der Farmer mit der Reparatur eines uralten Mähdreschers beschäftigt, der so klapprig aussah, als würde er nur noch von Rost und Schmutz zusammengehalten. Mr Prescott war ein schmächtiger Mann mit lichtem grauem Haar und harten, wettergegerbten Gesichtszügen. Er trug einen buschigen altmodischen Backenbart, in dem kleine Schweißperlen glitzerten. Bob spürte von der ersten Sekunde an, dass sein Besuch unerwünscht war. Auf die höfliche Frage, ob Mr Prescott irgendeine Vermutung zu dem Nebel habe, schüttelte der Farmer nur gereizt den Kopf.

»Interessiert mich nicht. Muss die Ernte vorbereiten.«

Die Art, wie er das sagte, machte unmissverständlich klar, dass es keinen Sinn hatte, weiterzufragen. Im Gehen warf Bob einen letzten beiläufigen Blick in den Schuppen. Neben allem erdenklichen Ackergerät erkannte er rechts neben dem Tor einen zerbeulten Eimer. Die darin enthaltene Rostschutzfarbe war lodernd rot.

Die große Bedrohung

In der Zwischenzeit hatte Hank Tornby seinen Bericht beendet und in Justus' Kopf herrschte nun ein ähnliches Chaos wie in der Hütte.

»Ähm, wenn ich Sie richtig verstanden habe, handelt es sich bei den Toparden also um … eine kriegerische Rasse von Außerirdischen, deren Flottenverband kurz vor dem Eintritt in unser Sonnensystem steht.«

»Ganz genau«, bestätigte Mr Tornby heftig nickend.

»Und die Kreaturen von gestern Nacht … gehören zu einer vorausgeschickten Landetruppe, die im Schutz des Nebels das Terrain auskundschaften und sichern soll«, fuhr der Erste Detektiv stockend fort.

»Richtig. Diese entlegene Gegend bietet perfekte Bedingungen für die geplante große Lande-Operation der Außerirdischen. Nur wir hier sind noch im Weg.«

»Und … die Regierung ist in das alles eingeweiht?«, fragte Peter bemüht sachlich.

»Aber ja!«, erwiderte Tornby aufgeregt. »Die NASA hat schon vor langer Zeit Kontakt mit den Toparden aufgenommen und herausgefunden, dass sie uns technisch und militärisch haushoch überlegen sind. Darum hat man sich im Weißen Haus dazu entschlossen, mit den Außerirdischen zu kooperieren, um nach der Invasion an der Macht beteiligt zu bleiben.«

»Und all das wird sich in vier Phasen abspielen«, hakte Justus nach.

»So ist es. Phase eins: Die Toparden erforschen das Ankunftsgebiet. Phase zwei: Die menschliche Bevölkerung in der Landezone wird gewaltsam vertrieben oder beseitigt. Phase drei:

Agenten der Regierung besetzen die wichtigsten Schaltstellen im Land und ebnen den Toparden den Weg für die Eroberung der Vereinigten Staaten. Phase vier: Die Außerirdischen übernehmen gemeinsam mit dem amerikanischen Präsidenten die Weltherrschaft!«

Justus gab ein leises Räuspern von sich. Zum wiederholten Mal hatte er das Gefühl, in der nächsten Sekunde müsste ein Fernsehmoderator in die Hütte stürmen und ihnen grinsend verkünden, dass sie auf einen Streich mit versteckter Kamera hereingefallen seien. Aber es kam kein Moderator. Nachdem er Peter einen verstohlenen Blick zugeworfen hatte, wandte sich Justus wieder an ihren sonderbaren Gastgeber.

»Mr Tornby, wenn Sie es mir gestatten, würde ich Ihnen gerne eine etwas heikle Frage stellen, und ich bitte Sie, ganz offen zu sein.«

»Immer raus damit, Junge.«

»Haben Sie uns vor zwei Tagen in Rocky Beach angerufen und gestern ein Telegramm an uns aufgegeben?«

Mit aufgerissenen Augen starrte Tornby den Ersten Detektiv ungläubig an. »Ich? Niemals! Ich fasse kein Telefon an – dann könnten die mich doch orten!«

»Richtig, daran hatten wir nicht gedacht, entschuldigen Sie«, erwiderte Peter besänftigend.

»Und wie stehen Sie zu Professor Brewster?«, fragte Justus, während er mit den Fingern nachdenklich über die roten Holzbohlen strich. »Sind Sie der Meinung, dass er aus Fort Stockburn verschwinden sollte?«

»Jeder sollte verschwunden sein, bevor Phase drei beginnt«, entgegnete Tornby ernst. »Hier ist niemand mehr sicher.«

Peter kratzte sich am Hinterkopf. »Wenn uns diese Toparden technisch dermaßen überlegen sind, wieso greifen sie uns dann eigentlich mit Krallen und Zähnen an?«

Mr Tornby gestikulierte ungeduldig in der Luft herum. »Ich sagte euch doch – diese Kreaturen sind nur die Kundschafter. Sozusagen die Jagdhunde der Toparden, die auf das Wild gehetzt werden, bevor die Jäger es erschießen. Die wirkliche Bewaffnung der Toparden wird mit nichts zu vergleichen sein, was wir hier auf der Erde kennen.«

Nun empfand es Justus an der Zeit, die alles entscheidende Frage zu stellen. »Und … woher wissen Sie das alles?«

Mit einem breiten Lächeln tippte sich der Alte an die Stirn. »Ich habe eine telepathische Verbindung zum Flaggschiff der Toparden-Flotte. Das wissen die natürlich nicht – sonst hätten sie mich schon längst verschwinden lassen.«

»Aber wenn Sie genau wissen, was da auf uns zukommt – warum bleiben Sie dann hier?«, fragte Peter irritiert.

»Weil ich diesen Grund und Boden niemals aufgeben werde«, verkündete Tornby mit wilder Entschlossenheit. »Ich habe Vorkehrungen getroffen und werde nicht weichen, auch wenn alle anderen die Flucht ergreifen. Die Beweise müssen geschützt werden!«

»Beweise?« Justus horchte auf. Jetzt konnte es doch noch interessant werden.

»Natürlich! Seit Jahren sammele ich Beweismaterial, das ich auf meinen Streifzügen durch die Prärie finde.« Mit flinken Fingern griff der Bärtige unter eine lose Holzbohle und hob einen Karton aus dem darunterliegenden Hohlraum. Der Inhalt bestand aus bunt zusammengewürfeltem Technikmüll, den Tornby zweifellos entlang der Landstraße gefunden hatte. Sogar ein zerlegtes Autoradio war dabei.

»Verstehe«, erwiderte Justus mit mühsam unterdrückter Enttäuschung.

Mr Tornby senkte beschwörend die Stimme. »So, jetzt wisst ihr, was hier vor sich geht. Und ich rate euch: Haltet euch aus dieser Sache raus, das ist nichts für Küken wie euch! Nehmt lieber die Beine in die Hand und verschwindet. Je eher, desto besser!« Grimmig blickte Tornby zum folienverhängten Fenster hinüber. »Nur ich werde bleiben, um später der Nachwelt die Wahrheit zu verkünden. Ich, Hank Tornby – letzter Verteidiger von Fort Stockburn und Prophet eines neuen Zeitalters!«

Von seiner nächsten Station erhoffte sich Bob ein wenig mehr Recherche-Glück. Miss Daggett begrüßte ihn mit einem erschöpften Lächeln und lud ihn zu einem Glas Milch auf ihrer Veranda ein. Mit tiefen Sorgenfalten im Gesicht saß sie zusammengesunken in ihrem Schaukelstuhl und kraulte dem neben ihr liegenden Rusty sanft den Kopf.
»Ich kann einfach nicht mehr«, sagte sie leise. »Ich dachte, ich wäre stark genug, aber die letzte Nacht war einfach zu viel.«
»Das war wirklich schlimm«, erwiderte Bob mitfühlend und schob ein grünes Windlicht beiseite, um sein Milchglas auf einem kleinen Tisch abstellen zu können.
Miss Daggetts Blick verlor sich in der Weite der Prärie. »Und dann diese furchtbare Hilflosigkeit ...«
»Wie war das eigentlich, als die Polizei damals gekommen ist?«, wollte der dritte Detektiv wissen.
»Erinner mich nicht daran.« Miss Daggett machte eine wegwerfende Handbewegung. »Nach dem dritten Vorfall habe ich den Sheriff in Sturgis angerufen und um Hilfe gebeten. Danach hat es fast drei Stunden gedauert, ehe ein Jeep mit zwei genervten Deputies hier auftauchte. Denen haben wir alles geschildert und die Kratzspuren an den Türen gezeigt, aber man konnte von Anfang an sehen, dass sie uns kein Wort glaubten. Die hielten uns wohl für zurückgebliebene Hinterwäldler, die sich das alles zusammenfantasiert haben ...«

Der dritte Detektiv lehnte sich stirnrunzelnd in seinem Stuhl zurück. »Darf ich Sie fragen, ob Sie mit ›Dämonen der Vergangenheit‹ etwas anfangen können?«
Für den Bruchteil einer Sekunde verkrampften sich Miss Daggetts Gesichtszüge. »Das … ist eine schlimme Geschichte.« Mit fahrigen Bewegungen blickte sie sich nach allen Seiten um. »Ich möchte darüber nicht reden. Das macht vielleicht alles nur schlimmer.«
»Warum denn?«, fragte Bob angespannt. »Ein Problem muss doch benannt werden, damit man es lösen kann.«
»Dafür ist es längst zu spät. Ich wollte ja auch versuchen, das alles zu überstehen.« Sie schüttelte verbittert den Kopf. »Aber nichts auf der Welt ist all das wert.«
Bei den letzten Worten krampfte sich ihre linke Hand um ein kleines ledergebundenes Buch, das der dritte Detektiv erst jetzt bemerkte. Er glaubte, am unteren Rand die Buchstaben *FM* erkennen zu können, war sich aber nicht ganz sicher. Bevor er weiter nachhaken konnte, hob Rusty plötzlich den Kopf und richtete steil die Ohren auf.
»Was hast du denn, Liebling?«, fragte Miss Daggett besorgt. Wie zur Antwort fing der Schäferhund nun panisch an zu bellen, sprang auf und rannte ins Haus hinein.

In der Zwischenzeit hatten sich Justus und Peter von Hank Tornby verabschiedet. Draußen im strahlenden Sonnenlicht kam es ihnen so vor, als hätten sie gerade eine dunkle Rumpelkammer verlassen, die bis unters Dach mit verrückten Ideen vollgestopft war.
»Das war ja zum Fürchten«, murmelte Peter. »Ob da … wirklich irgendwas dran ist? Dieser Tornby scheint ja felsenfest von der Invasion überzeugt zu sein.«
»Das ist er auch«, erwiderte Justus. »Dennoch ist das alles

blanker Humbug, der nur in Tornbys Kopf existiert. Von solchen Verschwörungstheoretikern gibt es mehr, als man denkt.« Peter streckte sich und atmete tief aus. »Was hältst du denn von seinem Tick mit der roten Farbe? Glaubst du, Tornby steckt hinter der Hetze gegen den Professor?«
»Dafür war seine Reaktion auf meine Frage zu allgemein«, gab Justus zu bedenken. »Er ist ja überzeugt davon, dass jeder hier verschwinden muss, bevor Phase drei beginnt. Mr Brewster scheint für ihn keine besondere Rolle zu spielen.«
»Dann glaubst du also, dass jemand absichtlich die rote Farbe benutzt, um eine Spur zu Mr Tornby zu legen?«
»Wenn ja, dann war es mit hoher Wahrscheinlichkeit dieselbe Person, die uns das Telegramm geschickt hat«, erwiderte Justus. »Ein ebenso einfacher wie hinterhältiger Plan: Die Untaten werden so verübt, dass sie den verrückten Tornby als Täter erscheinen lassen, mit dem vernünftige Gespräche nahezu ausgeschlossen sind.«
»Eine echt miese Tour«, stimmte der Zweite Detektiv zu, während er sich zur anderen Straßenseite umblickte. »Und was machen wir jetzt?«
»Ich schlage vor, wir schauen mal bei Mr Cobble vorbei. Wenn ich die Beschreibung des Professors richtig im Kopf habe, wohnt er nur drei Häuser weiter.«
Justus hatte sich nicht geirrt. Samuel Cobble war von dem unerwarteten Besuch zwar sichtlich überrascht, aber er stimmte bereitwillig zu, sich mit den Detektiven über die jüngsten Ereignisse zu unterhalten. Mr Cobble war von kräftiger Statur, allerdings nur knapp so groß wie Justus. Ein mächtiger, aber sorgsam geschnittener Vollbart füllte etwa drei Viertel seines runzeligen Gesichts aus. Er trug eine Hose aus hellem gegerbtem Leder und ein grob gewebtes Hemd, dessen Ärmel er hochgekrempelt hatte. Die Krallenkette um seinen Hals

und die Waschbärmütze an der Wand vervollständigten das Bild eines Trappers wie aus dem Bilderbuch. Im karg eingerichteten Wohnzimmer forderte Cobble seine Gäste auf, an einem rußgeschwärzten Tisch Platz zu nehmen. Während sie sich setzten, fiel dem Ersten Detektiv auf, dass der Trapper mit einer beiläufigen Handbewegung eine Pferdedecke beiseite schob, die neben ihm auf einer rustikalen Kommode lag. Nachdem die Jungen kurz den Grund ihres Aufenthalts in Fort Stockburn erklärt hatten, kam Justus direkt zur Sache und überreichte sein Fundstück vom Morgen.

»Das hier habe ich nach dem Angriff der letzten Nacht gefunden. Können Sie mir sagen, ob diese Haare von einem Tier stammen?«

Mr Cobble setzte sich eine dickglasige Brille auf und betrachtete das Haarbüschel von allen Seiten. Er zwirbelte es zwischen Daumen und Zeigefinger, hielt es sich schließlich an die Nase und roch daran. Währenddessen wanderte Justus' Blick erneut zu der Kommode. Wie es schien, hatte der Trapper die Pferdedecke nicht zurechtgerückt, sondern über ein schmales Heftchen geschoben, dessen Rand noch unter ihr hervorlugte. Außer dem seltsamen Wort *Greenbri* konnte der Erste Detektiv jedoch nichts entziffern.

»Tut mir leid«, sagte Mr Cobble schließlich. »Diese Haare kann ich nicht zuordnen. Auf jeden Fall stammen sie nicht von einem Dachs oder Kojoten.«

»Die wären auch deutlich zu klein«, murmelte Peter und blickte zu Justus hinüber. »Hast du schon mal daran gedacht, dass wir es hier mit ... Bigfoots zu tun haben könnten?«

Der Erste Detektiv rieb sich nachdenklich über die Stirn. »Ich weiß, worauf du anspielst. Aber trotz aller Offenheit gegenüber der zoologischen Vielfalt halte ich das doch für ausgeschlossen. Schließlich beschränken sich sämtliche angeblichen

Sichtungen dieser großfüßigen Tiermenschen auf bewaldete Gebirgsregionen. Es wäre daher höchst sonderbar, wenn plötzlich eine ganze Herde Bigfoots mitten in der ungeschützten Prärie auftauchen würde.«

»Auch wieder wahr«, gab Peter zu und wandte sich an den Trapper. »Welche Tiere außer Kojoten und Dachsen leben hier in der Gegend denn sonst noch?«

»Eine ganze Menge. Abgesehen von unseren Pferden und Rindern gibt es zum Beispiel Hirsche, Dickhornschafe und Gabelböcke. Außerdem Waschbären, Füchse, Stachelschweine, Hasen, Präriehunde und natürlich Schlangen. In unseren Nationalparks leben sogar Pumas, Rotluchse und Bisons. Aber das Fellbüschel passt zu keinem dieser Tiere. Am ehesten hat es Ähnlichkeit mit dem Deckhaar eines Pumas, aber dafür ist es zu lang und dunkel.«

»Eine Mischung aus Mensch und Puma also«, flüsterte der Zweite Detektiv mit düsterer Miene.

Mr Cobble wies aus dem Fenster hinaus. »Mir war die Natur immer näher als die Menschen, abgesehen von meiner verstorbenen Frau und meinem Sohn. Ich durchstreife dieses Land nun schon seit fast siebzig Jahren und kenne jede Pflanze und jedes Tier im Umkreis von hundert Meilen. Aber solche Kreaturen wie in diesem Nebel habe ich noch nie zuvor gesehen.« Er fuhr sich durch das krause weiße Haar. »In meinem Leben hatte ich schon so manche gefährliche Tierbegegnung, bei der es buchstäblich auf Messers Schneide stand, ob ich da heil rauskomme. Das Wichtigste ist, nicht die Nerven zu verlieren, und das habe ich nie getan. Niemals. Aber diese Dämonenwesen da draußen … machen mir Angst.«

»Dämonen?«, fragte Justus irritiert.

In diesem Moment ertönte aus der Ferne ein lauter Ruf: »Der Nebel! Er kommt zurück!«

Das letzte Gefecht

Peter schrak entsetzt hoch. »Das war Bob!«
Sofort schnappte sich Mr Cobble ein langes Jagdgewehr und stürmte nach draußen, gefolgt von den beiden Detektiven. Im Türrahmen verharrte Justus jedoch kurz und schob rasch die Decke auf der Kommode beiseite, um einen Blick auf das kleine Heft zu werfen.
Vor der Tür blickten sich alle fieberhaft um. Ferne Schreie kündigten die nahende Gefahr an.
»Der Nebel kommt von Norden!«, rief Peter. »Er ist schon dicht vor dem Ortseingang! Was machen wir denn jetzt?«
»Dort drüben!«, rief Justus und deutete zum Brunnen. »Da ist Mr Brewster mit einem anderen Mann. Laufen wir hin!«
Gemeinsam eilten sie zur Ortsmitte, wo der beunruhigte Professor den beiden Detektiven Mr Sesto vorstellte, der einen schweren Schmiedehammer in der Hand hielt und nervös zum Nebel hinüberblickte. Mr Brewster hatte sich mit einem Beil bewaffnet. Von Grace Daggetts Haus kam nun auch Bob angelaufen.
»Der Nebel scheint zum Stillstand gekommen zu sein«, keuchte er atemlos.
»Was ist mit Grace?«, fragte Mr Sesto besorgt.
»Sie hat sich mit Rusty im Haus verbarrikadiert«, erklärte der dritte Detektiv. Im Schatten der fernen Scheune glaubte er, Hank Tornby zu erkennen, der sich mit seiner Schrotflinte hinter mehreren großen Kisten verschanzte. Von William Prescott war nichts zu sehen. Und noch jemand fehlte.
»Dort!« Aufgeregt deutete Justus zu Mr Holds Haus. Soeben war der Captain in voller Kavallerie-Uniform und mit aufgesetztem Federhut nach draußen getreten. Neben seinem

Revolverholster hing die glänzende Trompete an einer roten Kordel vom Gürtel herab. Vor dem Flaggenmast hielt er kurz inne und salutierte. Dann zog er den schweren Reitersäbel und marschierte entschlossen auf die weiße Wand zu.

»Tun Sie's nicht!«, brüllte Mr Sesto aus voller Kehle.

Gerade wollte Justus dem Captain hinterherlaufen, doch Mr Cobble hielt ihn zurück. Er hatte sein Jagdgewehr angelegt. »Bleib hier! Wenn du mir in die Schusslinie läufst, kann ich Hold keinen Feuerschutz geben, falls Kreaturen auftauchen.«

Alle hielten den Atem an, als der Captain mit erhobenem Säbel in den schreienden Nebel hineinschritt. Im selben Moment, als er verschwand, setzte absolute Stille ein. Entsetzt starrte die kleine Gruppe zu den bedrohlichen weißen Schwaden hinüber. Dann ertönte aus weiter Ferne wie aus einer anderen Welt der helle Klang einer Trompete. Betroffen zuckte der Trapper zurück.

»*The last Call*«, flüsterte er fassungslos. »Das Signal zum letzten Geleit bei der Bestattung eines Soldaten …«

Bevor jemand reagieren konnte, begann sich der Nebel aufzulösen. Justus war der Erste, der seine Starre überwand und auf die verwehenden Schwaden zurannte.

»Los! Wir müssen nachsehen, was passiert ist!«

Eilig folgten ihm die anderen. Diesmal hielt sich Peter allerdings mit dem Tempo zurück, sodass sie fast gleichzeitig an der Stelle ankamen, wo der Nebel gerade noch am dichtesten gewesen war. Mr Holds Fußspuren endeten in einem Chaos aus aufgewühltem Sand und mehreren der bizarren Schleiflinien, die auch nach dem nächtlichen Angriff zurückgeblieben waren. Sie schienen aus dem Nichts gekommen zu sein und waren sternförmig um die Spuren des Captains angeordnet.

»Diese Kreaturen haben ihn umzingelt«, stellte der Trapper beklommen fest.

»Und dann?«, fragte Mr Brewster entgeistert. »Die Spuren führen nirgendwohin. Wo sind sie geblieben? Wo ist der Captain?«
»Fort«, murmelte Mr Sesto aufgewühlt. »Sie haben ihn mitgenommen …«
»Sie können sich doch nicht aufgelöst haben!«, rief Justus. »In die Luft sind sie nicht verschwunden, also kann die Lösung nur unterirdisch zu finden sein!« Trotzig ließ sich der Erste Detektiv auf dem Boden nieder und begann, mit den Händen in der erhitzten Erde herumzugraben. »Los – helft mir, Kollegen! Hier muss irgendwo eine Luke oder etwas Ähnliches sein!«
Doch gerade, als sich Bob, Peter und auch der Professor niedergekniet hatten, gellte ein panischer Ruf zu ihnen herüber.
»Kommt schnell! Eines der Monster ist hier!«
Der Farmer Prescott stand auf Miss Daggetts Veranda und winkte wild. Rasch griffen alle zu ihren Waffen und rannten zurück in den Ort.
»Dort drüben!« Mr Prescott deutete hektisch auf eine Nische zwischen Miss Daggetts Haus und einem großen Schuppen. »Ich war auf dem Feld, als der Nebel auftauchte, und auf dem Weg zu euch habe ich plötzlich diesen riesigen Tiermenschen gesehen. Er schlich um das Haus von Grace herum. Als er auf mich aufmerksam wurde, ist er da reingelaufen!«
Mit angelegtem Gewehr spähte der Trapper in die Nische und ging hindurch. Die anderen liefen um das Haus herum und blickten sich nach allen Seiten um.
»Niemand zu sehen«, stellte Mr Cobble fest. »Was auch immer hier war, es ist verschwunden.«
Inzwischen war der Schmied ins Haus gegangen, um nach Miss Daggett zu sehen, die sich bis jetzt nicht hatte blicken lassen. Wenige Sekunden später drang sein Hilferuf nach draußen.

»Kommt schnell! Ich glaube, Grace hat einen Herzanfall!«
Sofort stürmten alle ins Haus. Grace Daggett lag keuchend und schweißgebadet auf einer Couch im Wohnzimmer. Rusty lief nervös im Zimmer herum und kläffte wie von Sinnen.
»Bringt erst mal den Hund hier raus«, ordnete der Professor an und beugte sich sorgenvoll über Miss Daggett. Durch seine früheren Expeditionen besaß der Professor umfangreiche Kenntnisse in Erster Hilfe. Binnen Kurzem konnte er erleichtert Entwarnung geben. Grace Daggett hatte einen Kreislaufzusammenbruch erlitten und erholte sich allmählich wieder. Nachdem Mr Cobble einen stärkenden Tee aufgesetzt und der Professor nochmals Miss Daggetts Puls kontrolliert hatte, löste sich die Gruppe allmählich wieder auf.
»Ich bleibe bei Grace, bis sie sich erholt hat«, erklärte Mr Sesto und strich mit seiner mächtigen Hand sanft über ihre Wange. »Sobald sie wieder bei Kräften ist, packe ich und fahre mit ihr weg. Es ist endgültig genug.«
Während der Schmied dies sagte, huschte ein Ausdruck der Überraschung über die Gesichter der anderen Bewohner.

Wortlos ging man auseinander. Auch Mr Brewster und die drei Detektive traten nach draußen.
»Vielleicht hat Mr Tornby mit seinen Außerirdischen am Ende doch recht«, murmelte Peter. »Es sieht ja so aus, als wäre der Captain weggebeamt worden!«
»Was denn für Außerirdische?«, fragte Bob irritiert.
»Das erzählen wir dir gleich«, erwiderte Justus. »Fakt ist, dass Mr Hold auf höchst rätselhafte Weise entführt wurde. Umso wichtiger ist es, dass wir den Tatort nochmals genau unter die Lupe nehmen. Außerdem werde ich das Gefühl nicht los, dass Mr Prescotts Monstersichtung nur dazu dienen sollte, uns dort wegzulocken.«

»Wirklich?«, fragte Peter erstaunt.
»Das ist eine ziemlich schwere Anschuldigung«, stellte der Professor fest.
»Keine Anschuldigung, sondern vorläufig nur eine Vermutung«, korrigierte Justus. »Jedenfalls war von der angeblich aufgetauchten Kreatur nicht die geringste Spur zu finden.«
»Apropos Spur«, wandte sich Bob an Mr Brewster. »Haben Sie inzwischen die gesuchten Bücher gefunden?«
»Was für Bücher?«, fragte Peter.
»Ein zweiteiliges Nachschlagewerk, von dem ich mir einige Hinweise erhoffe«, erklärte der Professor. »Ja, ich habe beide Bücher gefunden, konnte sie aber noch nicht querlesen.«
»Dabei helfe ich Ihnen, sobald wir zurück sind«, entgegnete Bob.
Zurück am Ort des Verschwindens von Mr Hold untersuchten die Detektive und Mr Brewster eingehend den Boden, fanden jedoch keine Hinweise auf einen unterirdischen Zugang.
»Unbegreiflich«, murmelte Justus. »Ich war hundertprozentig sicher, dass wir etwas entdecken würden …«
»Sollten wir nicht die Polizei informieren?«, fragte Peter mit beunruhigter Miene. »Immerhin ist jemand entführt worden!«
»So hat es den *Anschein*«, präzisierte der Erste Detektiv. »Zum jetzigen Stand der Dinge können und dürfen wir auch den Captain nicht als möglichen Verdächtigen ausklammern. Das Ganze könnte ja auch eine reine Inszenierung gewesen sein.«
»Stimmt«, erwiderte Bob. »Außerdem weiß ich von Miss Daggett, dass die hiesige Polizei nicht gerade sehr tatkräftig ist.«
Peter seufzte. »Wir sind also wieder einmal auf uns allein gestellt …«

Schatten der Vergangenheit

Nachdem sie ins Haus des Professors zurückgekehrt waren, berichteten die Jungen von ihren jeweiligen Befragungen. Währenddessen blätterte Bob im ersten der beiden Nachschlagewerke, die der Professor herausgesucht hatte.
Grübelnd knetete der Erste Detektiv seine Unterlippe. »Vernachlässigen wir mal kurz die Frage nach den Kreaturen und konzentrieren uns auf die Tat selbst. Wir sind uns sicherlich alle einig darin, dass sich niemand einfach so in seine Atome auflösen kann. Der Captain und seine Entführer *müssen* sich also vom Ort des Geschehens wegbewegt haben.«
Bob nickte. »Du hast es ja vorhin selbst gesagt: Von irgendeinem Luftfahrzeug war nichts zu sehen oder zu hören. Weder ein Helikopter noch ein Zeppelin oder etwas Ähnliches. Das hätten wir nach der Auflösung des Nebels auf jeden Fall bemerken müssen. Nach oben kann der Captain also nicht entführt worden sein.«
»Einen Weg nach unten haben wir allerdings auch nicht gefunden«, wandte Mr Brewster ein. »Wenn da eine Luke wäre, die sich binnen Sekunden öffnen und wieder schließen lässt, hätten wir die doch entdeckt.«
»Nichts war da«, murmelte Peter. »Absolut gar nichts.«
»Dass wir nichts gefunden haben, heißt nicht automatisch, dass da nichts ist«, erklärte Justus und blickte zum Fenster hinaus. »So verrückt die Ideen von Mr Tornby auch sind, mit einer Sache hat er recht: Die Vorfälle verschärfen sich immer weiter. Es begann mit dem schreienden Nebel, anschließend folgten die Monster und der vorläufige Höhepunkt ist die Entführung von Captain Hold.«
»Du kannst einem richtig Mut machen …« Aufgewühlt blick-

te Peter in die Runde. »Was sind das bloß für Wesen? Im Moment haben wir ja die Wahl zwischen kriegerischen Außerirdischen und monströsen Puma-Menschen. Beides reichlich übel …«

»Um das Ganze noch zu toppen, könnte ich eine dritte Variante anbieten«, meldete sich nun der dritte Detektiv zu Wort.

»Du hast schon etwas gefunden?«, fragte Mr Brewster, der inzwischen in dem zweiten Buch blätterte.

»Das habe ich«, bestätigte Bob. »Ich bin hier auf den Bericht eines Chronisten aus dem neunzehnten Jahrhundert gestoßen, der über die damaligen Indianerstämme berichtet. Die Staatennamen South und North Dakota leiten sich ja vom Volk der Dakota-Indianer ab, die zusammen mit anderen Stämmen bis zu ihrer Unterwerfung hier siedelten.«

»So ist es«, bestätigte der Professor.

»Wie es aussieht, hat der damalige Kavallerie-Stützpunkt Fort Stockburn während der letzten Kämpfe zwischen Weißen und Indianern in dieser Region eine sehr unrühmliche Rolle gespielt.«

»Das klingt interessant, erzähl!«, forderte ihn Justus auf.

»Also … Zu den aufständischen Stämmen gehörten auch die Nya'Kee, eine Untergruppe der Dakota. Während des entscheidenden Gefechts im Juli 1889 verschanzten sich die stark unterlegenen Nya'Kee in einer überraschend aufziehenden Nebelbank. Der kommandierende General von Fort Stockburn erteilte den Befehl, aus allen Geschützen in den Nebel zu feuern, obwohl auch Frauen und Kinder unter den Indianern waren.«

»Schrecklich«, murmelte der Professor betroffen.

»Nach der bedingungslosen Kapitulation der Überlebenden wurden die letzten Nya'Kee in eines der großen Reservate abtransportiert. Zuvor beschwor jedoch einer ihrer Schamanen einen Fluch über das Fort: ›Mögen die Dämonen der Rache einst im Gewand des Nebels zurückkehren und euch mit Haut und Haar verschlingen!‹.«

»Oh Mann …«, hauchte der Zweite Detektiv.

»Das ist noch nicht alles«, fuhr Bob fort. »Laut dem Chronisten war das letzte Wort des Schamanen ›Kaonspe!‹, was so viel heißt wie: Sie werden euch lehren mit Gewalt.«

»Kaonspe«, wiederholte Justus mit verengten Augen. »Das war es also, was der Unbekannte am Telefon gesagt hat.«

Fassungslos wischte sich Peter über sein Gesicht. »Diese Kreaturen im Nebel sind also … indianische Rachedämonen.«

Mit finsterem Blick schaute Bob durchs Fenster nach draußen. »Das glauben hier jedenfalls alle. Nun ist mir auch klar, warum die Leute so seltsam reagieren. Jeder kennt die Geschichte des Indianerfluchs.«

Mr Brewster nickte bestürzt. »Und der Captain wollte sich opfern, weil er sich wegen der Taten seines Urgroßvaters für die Nebelangriffe verantwortlich fühlte.«

Der Erste Detektiv räusperte sich und verschränkte die Hände auf dem Tisch. »Das sind in der Tat dramatische Neuigkeiten. Dennoch glaube ich nicht an Geistergeschichten, sondern gehe bis zum Beweis des Gegenteils davon aus, dass irdische Machenschaften hinter all diesen Aktionen stecken.«

»Na, hoffentlich«, murrte Peter. »Mit Indianerflüchen ist nicht zu spaßen.«

»Du schaust zu viele Horrorfilme«, stellte Bob fest, während er die beiden Bücher zurück ins Regal stellte. »Außerdem wäre es ja möglich …« In diesem Moment fiel der Blick des dritten Detektivs auf das gerahmte Bild an der Wand, das Frank Malvey, den alten Freund des Professors, neben seiner Mutter zeigte. Bislang hatte niemand dem Foto besondere Beachtung geschenkt, doch nun war Bob plötzlich ein kleines Detail ins

Auge gesprungen: Malveys Mutter trug eine wunderschöne Halskette mit einem tropfenförmigen dunklen Edelstein.
»Hast du etwas entdeckt?«, fragte Justus überrascht.
»Vielleicht«, erwiderte Bob, während er das Foto genauer betrachtete. »Mr Brewster … wie war noch mal der seltsame Spruch Ihres Freundes? Dieser Satz mit dem Tropfen.«
Der Professor zog die Stirn kraus. »Moment … äh, ach ja: *Zwar schlägt für mich nun die Stunde des Abschieds, doch wird der stete Tropfen der Zeit uns immer verbinden.* Warum fragst du?«
Ein Lächeln breitete sich über Bobs Gesicht aus. »Weil ich glaube, dass ich diesen Tropfen gerade gefunden habe.«
»Was?«, entfuhr es Peter. Neugierig versammelten sich alle vor dem Bild an der Wand.
»Du könntest recht haben«, stellte der Erste Detektiv fest und wandte sich an den Professor. »Kennen Sie dieses auffällige Schmuckstück?«
Mr Brewster rieb sich nachdenklich das Kinn. »Franks Mutter habe ich damals nur ein paar Mal getroffen. Sie starb Anfang der Achtziger. Wenn ich mich richtig erinnere, trug sie immer diese Kette.«
»Dann ist also anzunehmen, dass sie ihrem Sohn den Schmuck vererbt hat«, folgerte Justus.
»Vermutlich«, erwiderte Mr Brewster. »Ach, und du glaubst, dass Frank mir diesen Edelstein vermachen wollte?«
»Mit Blick auf das merkwürdige Testament halte ich das für sehr wahrscheinlich«, bestätigte der Erste Detektiv. »Vermutlich misstraute er dem Notar und übermittelte Ihnen vorsichtshalber nur eine verschlüsselte Nachricht.«
»Gut und schön«, erwiderte Peter. »Dann wissen wir jetzt also, was mit dem Tropfen gemeint war. Aber wo ist das gute Stück?«

Bob runzelte die Stirn. »Vielleicht steckt in dem Satz ja noch ein zweiter Hinweis.

»Dann bleibt eigentlich nur noch die ›Stunde des Abschieds‹«, stellte der Professor fest. »Das klingt in der Tat ein bisschen zu schwülstig für Frank, aber ich wüsste nicht, wie uns das …«

»Die Stunde des Abschieds schlägt!«, rief Peter unvermittelt. »Natürlich!«

Ohne ein weiteres Wort sprang er auf. Überrascht beobachteten seine Kollegen und der Professor, wie er sich an der großen Standuhr zu schaffen machte.

»Verrätst du uns, was du da machst?«, fragte Bob irritiert.

»Mir fiel gerade wieder ein, wie sehr mich gestern Nacht das Schlagen der Uhr erschreckt hat!«, erwiderte Peter aufgeregt. »Vielleicht sollte der Satz mit der geschlagenen Stunde ja auf die Standuhr hinweisen.«

Justus lächelte anerkennend. »Gut kombiniert, Zweiter. Die Uhr könnte durchaus als Versteck für den Schmuck dienen. Machen wir uns also ans Werk!«

Gemeinsam untersuchten sie Zentimeter für Zentimeter der Standuhr und schließlich wurde Bob tatsächlich fündig.

»Kollegen! Das Pendelgewicht lässt sich aufschrauben!« Behutsam öffnete er das Metallgewicht und zog einen kleinen Lederbeutel hervor, den er Mr Brewster reichte. »Hier, die Ehre gebührt Ihnen, Sir.«

Vorsichtig knotete der Professor den Beutel auf. Zum Vorschein kam eine elegante Halskette mit einem prachtvollen Anhänger. Der tropfenförmige tiefblaue Saphir war in Silber eingefasst und glitzerte im einfallenden Sonnenlicht wie ein kleiner Stern.

»Wunderschön«, murmelte Justus.

»Es ist ein Zettel beigelegt«, stellte Mr Brewster fest und entfaltete das Papier. »*Lieber Arnold, es freut mich sehr, dass Du meinen Hinweis verstanden hast. Ich habe den ,Tropfen der Zeit' immer in Ehren gehalten. Nun soll er dich begleiten und stets an unsere gemeinsame Vergangenheit erinnern. Leb wohl, mein Freund. Dein Frank.*«

»Dieser Stein sieht echt kostbar aus«, stellte Bob staunend fest.

»In der Tat«, stimmte Justus nachdenklich zu. »Und genau darin könnte ein Motiv für den unbekannten Hetzer liegen.«

»Wie meinst du das?«, fragte Peter überrascht.

»Mich störte schon die ganze Zeit die Unlogik, dass jemand allen Ernstes Mr Brewster für den Verursacher des Nebels halten könnte. Dies gilt jetzt umso mehr, weil wir nun die Geschichte des Indianerfluchs kennen. Hingegen wäre schlichte Gier ein viel plausiblerer Antrieb für die Aktionen gegen den Professor.«

»Die Gier nach dem *Tropfen der Zeit*«, folgerte Mr Brewster.

»Richtig. Mr Malveys Mutter lebte in Fort Stockburn und trug bis zu ihrem Tod stets diese auffällige Kette. Jeder im Ort kannte also dieses Schmuckstück und konnte sich denken, dass es sich noch irgendwo in diesem Haus befindet.«

»Und du glaubst, dass einer von ihnen die Kette nach Franks Tod an sich bringen wollte?«, fragte der Professor skeptisch.

»Das erscheint mir durchaus schlüssig«, erwiderte der Erste Detektiv. »Dieser Jemand muss gewusst oder zumindest geahnt haben, dass Mr Malvey die Kette hier im Haus versteckt hat. Und da passte es der betreffenden Person natürlich gar nicht, das Sie plötzlich hier auftauchten.«

»Dann ging es bei den Drohaktionen also gar nicht darum, dass mich jemand für den Nebel verantwortlich macht«, folgerte Mr Brewster. »Man will mich bloß aus dem Haus haben, um ungestört nach der Kette suchen zu können.«

»Angesichts des fraglos großen Werts dieses Edelsteins halte ich das für einen ausreichend starken Anreiz«, bestätigte Justus.

»Klar«, stimmte Peter zu. »Mit diesem Klunker könnte man sich so einigen Luxus leisten. Das wäre die Mühe auf jeden Fall wert.«

»Wert …« Nachdenklich verschränkte Bob die Arme vor der Brust. »Ich erinnere mich gerade daran, was Miss Daggett vorhin über den Nebelterror sagte: *Nichts ist all das wert.* Sie hat sich dabei regelrecht verkrampft und –« Seine Augen weiteten sich. »Hey, und jetzt fällt mir noch etwas ein! In ihren Händen hielt sie so ein merkwürdiges kleines Buch. Das muss ihr ungeheuer wichtig gewesen sein.«

»Konntest du den Titel erkennen?«, fragte Peter.

»Nein, einen Titel habe ich nicht gesehen«, erwiderte Bob grübelnd. »Da waren nur zwei geschwungene Buchstaben. F und M, glaube ich.«

»F und M … das könnten die Initialen von Frank Malvey sein!«, folgerte Justus aufgeregt und wandte sich an Mr Brewster. »Wissen Sie, ob ihr Freund ein Tagebuch führte?«

»Ja … das tat er«, bestätigte der Professor zögernd. »Mir ist das bis jetzt gar nicht aufgefallen, aber es stimmt: Das Tagebuch fehlte bei seinen Sachen.«

»Daraus folgt, dass Miss Daggett nach dem Tod Ihres Freundes hier im Haus war und das Tagebuch an sich genommen hat«, schloss der Erste Detektiv. »Vielleicht erhoffte sie sich, in dem Buch einen Hinweis darauf zu finden, wo Mr Malvey den *Tropfen der Zeit* verwahrte.«

»Dann glaubst du ernsthaft, dass die reizende Miss Daggett für die Drohungen gegen mich verantwortlich ist?«, fragte Mr Brewster. »Das halte ich für ausgeschlossen.«

»Vielleicht hat sie ja das Leben in der Einöde satt und will endlich mal einen Tapetenwechsel«, überlegte Peter.

»Tapetenwechsel …« Stirnrunzelnd fuhr sich Justus durchs Haar.
»Habe ich etwas Falsches gesagt?«, fragte der Zweite Detektiv irritiert.
»Im Gegenteil. Es hat mich auf etwas gebracht, was ich fast vergessen hätte. Vorhin in der Hütte von Mr Cobble ist mir ein kleines Heftchen aufgefallen, das der Trapper anscheinend vor uns verbergen wollte.«
»Ein Heftchen?«, fragte Peter verwundert.
Justus nickte. »Cobble hatte versucht, es unter einer Pferdedecke verschwinden zu lassen. Beim Verlassen der Hütte habe ich heimlich nachgesehen und entdeckt, dass es der Prospekt eines Luxushotels in West Virginia war! Der Name lautete *Greenbrier Resort*. Sieht so aus, als hätte auch Mr Cobble Lust auf einen Tapetenwechsel.«
»Meinst du nicht, dass du da zu viel hineingeheimnist?«, fragte Bob zweifelnd.
»Meine Intuition hat mich selten getäuscht«, erwiderte der Erste Detektiv. »Außerdem kommt mir der Name *Greenbrier Resort* irgendwie bekannt vor. Ich weiß nur nicht, wo er mir schon mal begegnet ist.«
»Also, ich kann mir beim besten Willen nicht vorstellen, dass Mr Cobble einen Urlaub in West Virginia plant«, erwiderte der Professor. »Er hat diese Region noch nie verlassen und an materiellen Werten liegt ihm nichts.«
»Vielleicht will er den Reichtum ja seinem Sohn zukommen lassen, den er erwähnte«, vermutete Justus. »Wissen Sie Näheres über ihn?«
Mr Brewster schüttelte den Kopf. »Nur, dass er Mike heißt und in Rapid City wohnt. Soweit ich weiß, haben er und sein Vater kaum Kontakt.«
Justus seufzte. »Dann muss das Rätsel um das Hotel vorerst

ungelöst bleiben. Zumindest so lange, bis mir wieder einfällt, woher ich den Namen kenne. Einstweilen sollten wir Mr Cobble und Miss Daggett aber auf jeden Fall mit einem Fragezeichen versehen.«

»Wo wir gerade dabei sind …«, fügte Bob an. »Mr Prescott sollten wir ebenfalls ein Fragezeichen verpassen.«

»Und warum?«, fragte der Erste Detektiv überrascht.

»Natürlich ist das noch kein Beweis, aber ich habe in seinem Schuppen einen Eimer mit roter Rostschutzfarbe entdeckt, die genauso aussah wie die von den Schmierereien an der Wand und dem Seitenspiegel.«

»Also noch mehr Verdächtige …«, murmelte Peter und blies sich eine Haarsträhne aus dem Gesicht. »Und was machen wir jetzt?«

»Da wir am Ortseingang keine brauchbaren Spuren entdecken konnten, schlage ich vor, dass wir als Nächstes eine Erkundung der Umgebung unternehmen.« Justus wandte sich an Mr Brewster. »Dürfen wir uns zu diesem Zweck Ihren Wagen ausleihen?«

»Natürlich«, erwiderte der Professor. »Ich werde in der Zwischenzeit noch mal nach Miss Daggett sehen und Mr Sesto fragen, ob ich ihm beim Packen für die Abreise helfen kann.«

In den folgenden Minuten bereiteten sich die Detektive auf ihren Ausflug vor. Peter, der für die Sicherheit zuständig war, kontrollierte mehrfach den Inhalt seines Rucksacks, in dem sich drei Kompasse, Landkarten, ein Klappspaten, die Walkie-Talkies, Feldflaschen, Bobs Videokamera und ein zwanzig Meter langes Nylonseil befanden. Mit Mr Brewsters Geländewagen fuhren die Jungen zunächst ein Stück in nördlicher Richtung. Nach knapp fünf Minuten hatten sie die Stelle erreicht, an der Captain Hold angeblich zum ersten Mal den Nebel erblickt hatte. Die Hitze war im wahrsten Sinne des

Wortes atemberaubend und wurde auch durch die leichte Südostbrise kaum abgemildert.
»Jetzt könnten wir Martin Ishniak gut gebrauchen«, stellte Peter fest. »Der Neffe des Professors versteht schließlich was vom Fährtenlesen.«
»Er ist nicht sein Neffe«, korrigierte Bob. »Er ist der Mann von Mr Brewsters Nichte.«
Der Zweite Detektiv verzog die Mundwinkel. »Na, dann eben sein Schwiegerneffe, Herr Erbsenzähler.«
»Wie auch immer sein genauer Verwandtschaftsgrad lauten mag, wir werden es wohl oder übel ohne Martin Ishniak schaffen müssen«, erwiderte Justus und ging in die Hocke.
Schnaufend untersuchten die Detektive jeden Quadratmeter Boden, doch zunächst war nichts Auffälliges zu entdecken. Dann aber wurde Bob in einiger Entfernung auf einen merkwürdigen dunklen Gegenstand in einer Erdsenke aufmerksam.
»Schaut mal, Kollegen. Das Ding dahinten sollten wir uns mal näher ansehen.«
Als sie die Senke erreichten, erkannte Peter als Erster, worum es sich handelte. »Ein Schraubenschlüssel! Noch ziemlich neu, wie es aussieht. Wie ist der bloß hier hingekommen?«
»So weit ab von der Landstraße kann er jedenfalls nicht aus einem Auto geworfen worden sein«, stellte Bob fest.
»Bestimmt nicht.« Der Zweite Detektiv richtete seinen Blick nach Süden. »Schließlich sind das mindestens …«
Er stockte und keuchte entsetzt. Auch Bob und Justus wirbelten herum und zuckten zusammen. Etwa hundert Meter entfernt hob sich die tiefschwarze Silhouette eines Tiermenschen vom hitzeflimmernden Himmel ab. Die riesige Schreckgestalt stand reglos auf einem Hügel und starrte zu den Jungen herüber. Und sie war nicht allein.

Gejagt

»Oh nein«, hauchte Bob, als er seinen Blick über den Horizont wandern ließ. »Sie haben uns umzingelt!«

Von einem Moment zum anderen waren sechs der unheimlichen Kreaturen auf den umliegenden Hügeln aufgetaucht. Wie monströse Vogelscheuchen verharrten sie völlig bewegungslos, so als warteten sie auf ein Zeichen zum Angriff.

»Schnell – zurück zum Wagen!«, rief Justus.

Hastig stürmten die Jungen den kleinen Hang der Erdsenke hinauf, blieben dann jedoch wie vom Blitz getroffen stehen. Dort, wo vorhin noch der Geländewagen des Professors gestanden hatte, wogte eine dichte Nebelwand, aus der nun gellende Schreie drangen.

Diesmal war es Bob, der sich am schnellsten gefangen hatte. »Dann eben zu Fuß – los!«

Sie stürmten in einem großen Bogen am Nebel vorbei in Richtung Fort Stockburn. Erst sah es so aus, als könnten sie es schaffen, doch als sich Peter wenige Sekunden später umblickte, machte er eine furchtbare Entdeckung.

»Der Nebel folgt uns! Gegen den Wind!«

»Er holt auf!«, schrie Bob.

Plötzlich wurde Justus langsamer.

»Was hast du denn?«, fragte Peter entsetzt.

Der Erste Detektiv war nun fast zum Stillstand gekommen. »Kollegen! Wir sind nach South Dakota gekommen, um das Rätsel dieses Nebels zu lösen! Wann, wenn nicht jetzt, wäre die beste Gelegenheit dafür?!«

Entgeistert ruderte Peter mit den Armen. »Du willst dich freiwillig vom Nebel einholen lassen? Bist du irre??«

»Bis nach Fort Stockburn schaffen wir es ohnehin nicht mehr!«,

entgegnete Justus. »Statt wegzulaufen sollten wir uns also lieber vorbereiten!«
Der Zweite Detektiv konnte es nicht fassen. »Das kann doch nicht dein Ernst sein!«
Bob warf einen hastigen Blick nach hinten. »Mir ist auch nicht wohl dabei, aber ich glaube, Just hat recht!«
Fluchend nahm Peter seinen Rucksack ab und öffnete ihn hastig. Dann griff er das Ende des Nylonseils und gab es Justus.
»Hier! Zieh das Seil durch deinen Gürtel! Und du, Bob, bindest das Ende an deinem Gürtel fest! Ich mache an dieser Seite dasselbe!«
Hastig führten sie Peters Anweisung aus. Jetzt schwangen jeweils etwa drei Seilmeter zwischen ihnen. Das restliche Seil hatte sich Peter um die Hüfte gebunden, sodass er im Notfall zusätzliche Meter freigeben konnte. Kurz bevor die ersten Schwaden sie erreichten, gab der Zweite Detektiv Bob und Justus noch schnell ihre Kompasse. Dann brach der Nebel wie eine weiße Woge über ihnen zusammen und das Schreien erstarb.
»Was auch immer passiert – passt auf, dass sich das Seil nicht löst!«, rief Peter.
Der Nebel war so dicht, dass die Detektive kaum zwei Meter weit sehen konnten. Einige Sekunden verharrten sie völlig reglos.
»Und was jetzt?«, fragte Bob. »Bleiben wir einfach stehen und warten?«
Der Erste Detektiv blickte auf seinen Kompass. »Fort Stockburn liegt von uns aus exakt im Süden. Ich schlage vor, wir bewegen uns langsam in diese Richtung und schauen, was passiert.«
Mit jeweils etwa einer Armeslänge Abstand setzten die Jungen

ihren Weg fort. Den Blick hatten sie vor sich auf den Boden gerichtet, um nicht über Steine oder Sträucher zu stolpern. Der Nebel schien von Minute zu Minute dichter zu werden.
Plötzlich schrie Peter auf. »Nein! Hilfe!« Er strauchelte und wedelte wild mit den Händen hin und her.
Erschrocken drehte sich Justus zu ihm um. »Was ist passiert?«
»Da war etwas an meinem Rücken! Irgendwas hat mich berührt!«
Hektisch schauten die Jungen in alle Richtungen. Doch da war nur grenzenloses Weiß.
»Hilfe! Da greift etwas nach mir!« Panisch schlug der Zweite Detektiv um sich und rannte los. Dabei löste sich seine Seilreserve von der Hüfte. Von einer Sekunde zur anderen hatte ihn der unwirklich dichte Nebel verschluckt. Kurz darauf straffte sich das Seil an Justus' Gürtel und er wurde mitgerissen.
»Peter! Du rennst in die falsche Richtung!«, versuchte er, seinen Freund zurückzuhalten, doch ohne Erfolg. Nun war Bob an seiner Seite und griff schnaufend nach dem Seil, das vor ihnen ins weiße Nichts führte. Allmählich wurde Peter langsamer. Noch immer war er jedoch weder zu sehen noch zu hören. Der Nebel schien alle Geräusche mit Watte zu umschließen.
»Halt endlich an, Zweiter!«, schrie Bob.
Mit einem Mal ließ der Zug auf dem Seil nach. Taumelnd kamen die beiden Jungen zum Stehen und rangen nach Atem.
»Peter! Sag doch etwas!«, rief Justus beklommen.
Die Lippen des dritten Detektivs zitterten. »Warum antwortet er denn nicht?«
»Ich weiß es nicht!«, zischte Justus gepresst. »Er muss aber noch am anderen Ende stehen, sonst läge das Seil ja am Boden. Komm, wir sehen nach!«

Stück für Stück tastete er sich vorwärts, während Bob ihm mit einem Schritt Abstand folgte. Inzwischen war der Nebel so dicht geworden, dass der Erste Detektiv kaum noch seine ausgestreckten Hände erkennen konnte. Plötzlich stießen seine Fingerspitzen auf etwas Raues. Zuerst dachte Justus, es wäre Peters Hemd, doch das war es nicht. Es war Fell. Schockiert riss er den Kopf in den Nacken und sah den gewaltigen Umriss eines zottigen Wesens vor sich aufragen. Gelbe Tieraugen starrten auf ihn herab und ein tiefes Knurren ertönte. An der linken Krallenhand der Kreatur sah Justus das lose Seilende herabbaumeln. Panisch wirbelte er herum.

»Lauf!!«

Wie von der Sehne geschnellt stürmten die Jungen davon. Mit Schrecken wurde Justus plötzlich bewusst, dass sie durch das Seil ja immer noch mit dem Monstrum verbunden waren.

»Mach das Seil los! Schnell!«, schrie er seinem Freund zu.

Tatsächlich schaffte es Bob irgendwie, das Seilende zu lösen. Kurz darauf hatte sich auch Justus befreit und ließ das Seil hastig fallen. Obwohl der dritte Detektiv nur einen Meter neben ihm lief, konnte er ihn in den weißen Schwaden kaum erkennen.

»Wir dürfen uns nicht verlieren! Versuch, meine Hand zu greifen!«

»Wo bist du denn, verdammt?«, rief Bob angstvoll zurück.

»Na, hier – direkt neben dir!« Mit fahrigen Bewegungen tastete Justus zur Seite, doch er griff ins Leere. Er versuchte wieder und wieder, die Hand des dritten Detektivs zu finden, aber er schaffte es nicht. »Es hat keinen Sinn – wir müssen anhalten!«

Bob antwortete nicht. Bestürzt blieb Justus stehen und lauschte. Keine Schritte, nur Stille und sein eigener hechelnder

Atem. Die Gedanken des Ersten Detektivs überschlugen sich. Wie viel Zeit war vergangen, während er versucht hatte, Bobs Hand zu greifen? Zehn Sekunden? Eine halbe Minute? Wie weit konnten sie sich inzwischen voneinander entfernt haben?

»Booob! Wo bist du?«

Da! War da nicht ein Geräusch gewesen? Ein entfernter Ruf? Der Erste Detektiv hielt die Luft an und horchte angestrengt. Tatsächlich – da war etwas! Weit entfernt rief jemand seinen Namen!

»Justus! Peter! Wo seid ihr?«

Es war Bob. Der Abstand zu ihm musste weitaus größer sein, als es Justus für möglich gehalten hätte. Er versuchte, die Richtung zu bestimmen, aus der die Rufe kamen, und ging dann langsam auf sie zu.

»Bob! Ich bin's – Justus! Bleib, wo du bist! Ich versuche, zu dir zu kommen!«

Doch der dritte Detektiv schien ihn nicht zu hören. Immer wieder rief er verzweifelt dasselbe. »Justus! Peter! Ich bin hier!«

Justus beschleunigte seine Schritte und strauchelte über Kuhlen und Sträucher hinweg auf die Stimme zu.

»Bob! Ich bin gleich bei dir! Lauf nicht weiter!«

Immer noch keine Antwort. Stattdessen erklangen die Rufe nun aus einer ganz anderen Richtung und viel leiser als vorher. Fassungslos blieb der Erste Detektiv stehen und wandte den Kopf zur Seite. Kein Zweifel – die Rufe kamen nun von Westen statt von Norden. Bob schien wie von Sinnen zu laufen und dabei immer wieder die Richtung zu wechseln. Es war hoffnungslos. Justus würde ihn niemals einholen, und was mit Peter geschehen war, wagte er sich gar nicht auszumalen. Dieser entsetzliche Nebel schien sein böses Spiel mit den Jun-

gen zu treiben und sie voneinander fortzudrängen. Justus konnte noch nicht einmal versuchen, seine Freunde anzufunken, weil die Walkie-Talkies noch in Peters Rucksack waren. Vollkommen erschöpft fiel der Erste Detektiv auf die Knie und legte schwer atmend den Kopf in den Nacken. Die nur erahnbare Sonne schien wie ein bleiches Zyklopenauge vom milchigen Himmel auf ihn herabzustarren.
Und dann hörte er plötzlich Schritte.

Peter hatte keine Ahnung, wo er sich befand und was mit seinen Freunden passiert war. Er wusste nur noch, dass er weggelaufen war und plötzlich eine riesige Krallenhand an seiner Schulter gespürt hatte. Es war ihm gelungen, sich loszureißen, aber das Monster hatte die Bewegung vorausgeahnt und blitzschnell nach dem Seil gegriffen. Als die zähnefletschende Kreatur bereits auf wenige Zentimeter herangenaht war, hatte Peter endlich den Knoten an seinem Gürtel lösen können. Er war geduckt unter den zottigen Armen der Kreatur hindurchgeschnellt und davongestürmt. Dabei hatte er jedoch seinen Rucksack verloren. Und dann war er nur noch gerannt, bis er plötzlich gestolpert und zu Boden gestürzt war.
Benommen blickte Peter sich um. War er mit dem Fuß gegen einen Stein gestoßen? Dann könnte er ihn als Waffe gegen seinen Verfolger benutzen! Zwar war von der Bestie nichts mehr zu hören, aber verschwunden war sie ganz gewiss nicht. Rasch ging der Zweite Detektiv in die Hocke und tastete den Boden ab. Plötzlich ergriffen seine Hände etwas Hartes. Aber es war kein Stein, sondern irgendetwas Metallisches. Es hatte kreisrunde Form und besaß eine Art Riegel. Über diesen musste er gestolpert sein. Kein Zweifel – es handelte sich um eine Klappe im Boden! Vielleicht einer der gesuchten Ge-

heimgänge? Oder der Zugang zu einem alten Arbeitsschacht aus den Sechzigerjahren, als die Wasser- und Gasleitungen nach Fort Stockburn gelegt wurden? Hastig rüttelte Peter an dem Griff herum, bis er ein Klicken vernahm. Verborgene Scharniere quietschten, als er die Klappe aufstemmte und in eine dunkle Röhre hinabsah, an deren Innenwand eine schmale Steigleiter in die Tiefe führte. Ihm blieb keine Zeit, lange zu überlegen. Der Tiermensch konnte jeden Moment aus dem Nebel hervorstürzen. Wozu auch immer diese Öffnung gedient hatte – sie bot auf jeden Fall ein gutes Versteck. Peter würde in den Schacht hinabsteigen und dann abwarten, bis sich der Nebel verzogen hatte. So leise wie möglich ließ er sich in das Loch gleiten, bis seine Füße auf den Sprossen Halt fanden. Damit er genug Atemluft bekam, legte er beim Zuklappen einen kleinen Stein unter den Deckel. Dann ging es abwärts. Nach einigen Metern hatte Peter den Grund erreicht. Erschöpft ließ er sich auf dem Boden nieder, der im schwachen Lichtschein des Klappenschlitzes matt schimmerte. Was mochte inzwischen mit Justus und Bob geschehen sein? Ob sie es geschafft hatten, nach Fort Stockburn zu fliehen? Angestrengt blickte der Zweite Detektiv sich um. Erst jetzt bemerkte er, dass sich die Röhre von hier aus als waagerechter Tunnel fortsetzte. Eilig griff er in die rechte Hosentasche, in der er erleichtert den kleinen Kompass fand. Seine Vermutung hatte ihn nicht getrogen – von dieser Position aus führte das Rohr direkt nach Süden, in Richtung von Fort Stockburn. Peter spürte ein Kribbeln in der Magengegend. Angst und Erschöpfung traten kurzzeitig in den Hintergrund und wichen zaghafter Hoffnung. Wenn dieses Rohr tatsächlich bis unter den Ort führte, dann gab es mit Sicherheit auch einen Zugang nach oben! Ein solcher Fluchtweg wäre hundertmal sicherer, als draußen durch den Monsternebel zu rennen. In

Fort Stockburn könnte er dann Hilfe holen, um nach Justus und Bob zu suchen, falls sie noch nicht zurück waren. Zu seiner Freude fand Peter in der linken Hosentasche eine Mini-Taschenlampe, die er sich für den Fall der Fälle eingesteckt hatte. Er knipste sie ein und atmete noch einmal tief durch, dann senkte er den Kopf und ging leicht gebückt in den engen Tunnel hinein.

Furcht und Hoffnung

»Bob!«

Justus konnte es nicht fassen. Gerade hatte er noch gedacht, er müsse erneut vor einer der Kreaturen Reißaus nehmen, da erkannte er schemenhaft den dritten Detektiv, der im Nebel auf ihn zukam.

»Justus! Endlich!« Überglücklich umarmten die Jungen einander.

»Folgst du auch den Masten?«, fragte Bob aufgeregt.

»Masten? Ich verstehe nicht …«

»Gerade habe ich einen der Strommasten entdeckt«, erklärte der dritte Detektiv. »Wir müssen im Nebel seitlich an Fort Stockburn vorbeigelaufen sein, ohne es zu merken. Es waren ja weniger als zweihundert Meter bis dorthin.«

»Verstehe!«, erwiderte Justus freudig. »Die Masten stehen direkt an der Landstraße, die von Süden aus zum Ort führt. Wir müssen uns mit dem Kompass also nördlich halten und können uns dann von Mast zu Mast nach Fort Stockburn leiten lassen. Und dann holen wir Hilfe für Peter!«

»Genau!« Bob blickte nach vorn. »Zwischen den Masten liegen jeweils ungefähr fünfzig Meter. Der nächste müsste gleich auftauchen.«

Schulter an Schulter gingen die beiden exakt in nördlicher Richtung geradeaus. Nach wenigen Sekunden tauchte tatsächlich die senkrechte Silhouette eines Strommasts aus den weißen Schwaden auf.

»Es klappt!«, flüsterte Justus begeistert.

Der Nebel hatte sich inzwischen ein wenig gelichtet, die Sicht reichte nun deutlich weiter als noch vor wenigen Minuten. Kurz darauf erreichten sie den zweiten Mast. Als sie ihn gerade hinter sich gelassen hatten und jeden Moment das Auftauchen der Häuser erwarteten, ertönte in unmittelbarer Nähe hinter ihnen ein bösartiges Knurren.

Peter erstarrte mitten in der Bewegung. Der matte Lichtschein am Beginn des Tunnels, der ihm bis jetzt als Anhaltspunkt für die zurückgelegte Entfernung gedient hatte, war plötzlich erloschen, so als hätte ihn jemand ausgeknipst!
»Ruhig bleiben«, beschwor sich Peter. »Mach's wie Justus – denk logisch! Wahrscheinlich ist bloß ein loser Strauch vor die Öffnung geweht worden. Bestimmt löst er sich gleich wieder.«
Eine Weile wartete der Zweite Detektiv ab, doch nichts passierte. Schließlich entschied er, zum Röhrenanfang zurückzugehen und den Zugang wieder freizulegen. Dabei würde sich ja zeigen, ob der Nebel sich aufgelöst hatte. Falls nicht, konnte Peter seinen unterirdischen Fluchtversuch ja immer noch fortsetzen. Um sein Zeitgefühl nicht zu verlieren, leuchtete er auf dem Rückweg immer wieder mit der Taschenlampe auf seine Armbanduhr. Eine Minute verging. Zwei. Drei. In Peters Magengegend breitete sich ein mulmiges Gefühl aus. Zwar bewegte er sich nur sehr langsam, aber hatte er für den Hinweg wirklich so lange gebraucht? Sein Pulsschlag beschleunigte sich. Vier Minuten. Fünf. Mit allen Mitteln versuchte der Zweite Detektiv, seine langsam erwachende Panik im Zaum zu halten. Sechs Minuten. Inzwischen purzelten die Gedanken wild in seinem Kopf herum. Der Rohrausgang konnte doch nicht von einer Sekunde zur anderen verschwunden sein! Spielten ihm seine überreizten Sinne einen Streich? In diesem Moment berührten Peters Fingerkuppen die Rohrwand.
»Endlich!"

Jetzt brauchte er nur noch die Sprossen hochzuklettern und die Klappe freizumachen. Die Sprossen ... Sie waren nicht mehr da! Nach hastiger Kontrolle stellte er ungläubig fest, dass auch die Öffnung nach oben nicht mehr vorhanden war. Der Zugang, durch den er in das Rohr eingedrungen war, hatte sich in Luft aufgelöst. Peter befand sich mehrere Meter unter der Erdoberfläche in einer hermetisch abgeschlossenen metallenen Sackgasse, die es ganz einfach nicht geben konnte! Mit zitternden Händen blickte der Zweite Detektiv auf seinen Kompass. Die Erkenntnis war ebenso eindeutig wie furchtbar: Er war tatsächlich nach Norden zurückgegangen. Hier war der Ausgangspunkt. Keuchend sank Peter zu Boden. Jetzt war die Panik da.

Justus und Bob rannten, so schnell sie konnten. Vor wenigen Sekunden war der Schemen des dritten Masts an ihnen vorbeigehuscht. Das Knurren in ihrem Rücken hatte sich inzwischen zu einem kehligen, schrillen Geheul gesteigert. Unvermittelt erhob sich schattenhaft die riesige Scheune aus dem immer lichter werdenden Nebel.
»Gleich haben wir es geschafft!«, keuchte der dritte Detektiv. Er wusste, dass sich das Haupttor am ortszugewandten Teil der Scheune befand, doch plötzlich entdeckte er eine kleine Seitentür. So leise wie möglich öffnete er sie und die Jungen schlüpften ins Innere, das in schummriges Halbdunkel getaucht war. Neben der Tür lehnte ein Holzriegel, den Justus schnell einhängte und vorschob. Dann blickte er sich suchend um.
»Los – wir verstecken uns dort hinter den Fässern da!«, zischte er im Flüsterton.
Atemlos kauerten sich die beiden Detektive in eine Nische. Sie erwarteten, dass ihr Verfolger in wenigen Sekunden an der

Tür auftauchen und auf sie einschlagen würde, doch nichts geschah.

»Ob das Vieh aufgegeben hat?«, fragte Bob leise.

»Sieht fast so aus.« Vorsichtig stand Justus auf und horchte in alle Richtungen. »Nichts. Aber falls dieses Monster doch noch irgendwo lauert, sind wir bei Mr Tornby sicherer. Der ist wenigstens bewaffnet.«

»Du hast recht.« Auch der dritte Detektiv hatte sich nun erhoben.

Justus' Blick war inzwischen an einem großen Regal hängengeblieben, in dem Eimer mit verschiedenen Wandfarben standen. Zögernd ging er darauf zu.

»Komm, lass uns gehen«, forderte Bob ungeduldig.

»Sofort – ich will mir nur kurz das hier ansehen«, entgegnete Justus mit gerunzelter Stirn. Ein sonderbarer Gegenstand hatte seine Aufmerksamkeit gefesselt. Neben den Farbeimern stand eine seltsam neu aussehende kleine Kiste mit Blütenmuster, die überhaupt nicht mit Staub bedeckt war. Als er den Deckel öffnete, entdeckte er eine Picknickdecke, eine geöffnete Pralinenschachtel, eine halbvolle Flasche Rotwein mit zwei Gläsern und ein grünes Windlicht. Justus nahm es heraus und zeigte es grinsend Bob. »Hier hat sich jemand für ein Schäferstündchen eingerichtet.«

»Rasend spannend«, gab der dritte Detektiv nervös zurück und sah sich erneut nach allen Seiten um. An den Wänden hingen zahlreiche staubige Ackergeräte und urtümliche landwirtschaftliche Werkzeuge, wie er sie noch nie zuvor gesehen hatte. Auf der Westseite der Scheune gab es mehrere große Verschläge, in denen früher vermutlich das Getreide gelagert worden war. Jetzt waren sie jedoch alle leer. Bis auf den einen … Bob verengte die Augen und stellte sich auf die Zehenspitzen. In dem hintersten Verschlag war doch etwas. Der dritte Detektiv zwinkerte entsetzt. Auf dem Boden kauerte eine zottige Kreatur! Das gebeugte Wesen schien irgendetwas zu betrachten und wiegte den Oberkörper hin und her. Bis jetzt hatte es die Jungen nicht bemerkt. Wild gestikulierend forderte Bob den Ersten Detektiv auf, still zu sein. Justus verstand augenblicklich und trat leise neben seinen Freund.

»Das Vieh muss schon dagewesen sein, als wir reinkamen«, flüsterte er gepresst. Er blickte zur Seitentür hinüber. »Bis wir dort sind und die Tür entriegelt haben, hat es uns längst erwischt. Und der Weg zum Haupttor ist uns abgeschnitten. Vielleicht sollten wir einfach abwarten, bis …«

Das Wesen nahm ihnen die Entscheidung ab. Unvermittelt richtete es sich auf und drehte ihnen langsam den Kopf zu.

Peter wusste nicht, wie lange er nun schon auf dem Boden des Rohres saß. Allmählich bewegten sich seine Gedanken wieder in geordnete Bahnen. Der Kompass musste defekt sein, eine andere Erklärung gab es nicht. Peter war also in die falsche Richtung gegangen und nun am Ende des Tunnels angekommen – alles andere war unmöglich! Demnach musste er nur umdrehen, damit er wieder zum Ausgangspunkt zurückkam. Schwankend richtete sich Peter auf und begann den beschwerlichen Rückweg. Nach etwa zehn Metern hielt er abrupt inne und fuhr mit den Fingern über die Rohrwand über ihm. Sie war erstaunlich kalt. Ihm war es schon vorhin so vorgekommen, als ob die Temperatur im Tunnel gefallen wäre, hatte dies aber auf seine Aufregung zurückgeführt. Doch es war keine Einbildung – es wurde immer kälter in der Röhre. Was ging hier vor? Auf den freien Unterarmen des Zweiten Detektivs hatte sich Gänsehaut gebildet. Immer wieder streifte er mit der Hand über die unnatürlich kalt gewordene Rohrwand, die in seiner Fantasie bereits einen Eisüberzug anzunehmen begann. Und noch etwas hatte sich verändert. Trotz seiner überreizten Nerven fiel ihm auf, dass sich das Echo seiner Schuhe auf dem glatten Metall jetzt anders anhörte als vorher. Lauter. Näher. Schlurfender! Unvermittelt stoppte Peter. Und noch in derselben Sekunde wünschte er sich, er hätte es nicht getan. Das Echo schritt weiter auf ihn zu! Irgendjemand verfolgte ihn – aber wie war das möglich? Hinter Peter lag doch eine Sackgasse! Doch der Zweite Detektiv hatte keine Zeit für weitere Überlegungen. So schnell er konnte, stolperte er vorwärts. Der Tunnel wollte einfach kein Ende nehmen. Er hatte das schreckliche Gefühl, durch das Innere eines gewaltigen Autoreifens zu taumeln – er legte zwar Meter um Meter zurück, würde aber doch nie ein Ende erreichen. Plötzlich bemerkte er zu seinen Füßen ein bläuliches Licht. Der Röhrenboden war einem langen Metallrost gewichen, unter dem sich eine weitere Ebene befand. Von dort stieg das blaue Licht auf. Ungläubig starrte Peter nach unten. Viel konnte er im Laufen nicht erkennen, aber eines war sicher: Das konnte nie und nimmer Teil eines Wartungstunnels sein! Dort unten erstreckte sich ein riesiger silbrig glänzender Raum mit seltsamen Aufbauten, auf denen zahllose Lichtpunkte blitzten. Der Zweite Detektiv traute seinen Augen kaum. Hatte Hank Tornby am Ende doch recht gehabt? War das hier ein unterirdisch verstecktes Raumschiff, von dem aus die Toparden ihre Invasion starten wollten? Noch bevor Peter seinen Gedanken zu Ende führen konnte, stieß er plötzlich gegen eine massive Wand.

Wendepunkt

Gerade wollten Justus und Bob die Flucht ergreifen, da ertönte eine vertraute Krächzstimme.
»Was treibt *ihr* denn hier?«
Unter seiner dicken Pelzmütze schaute Hank Tornby die Jungen verärgert an.
»Mr Tornby – Sie sind es!«, stieß der Erste Detektiv erleichtert hervor. »Wegen Ihrer großen Mütze hatten wir Sie von Weitem für eines der Monster gehalten!«
»Was machen Sie denn hier in der Scheune?«, fragte Bob irritiert.
Der Alte kam zu ihnen hinüber und senkte verschwörerisch die Stimme. »Ich habe dort hinten einen Magnetfeld-Fixpunkt entdeckt, von dem aus ich meine Hütte noch besser gegen feindliche Strahlungen schützen kann. Ich muss nur noch die richtige Antenne finden und sie entsprechend ausrichten.«
»Natürlich, ich ... verstehe«, erwiderte Justus mit einem unterdrückten Schmunzeln.
»Und was wollt ihr Küken hier?«, wollte Tornby wissen.
»Wir hatten es geschafft, dem Nebel zu entkommen und sind in die Scheune geflohen.« Bob deutete zum Tor. »Jetzt sollten wir aber schnell den anderen Bescheid sagen und nach Peter suchen. Der ist nämlich immer noch nicht wieder aufgetaucht.«
Tornby rückte seine verrutschte Mütze zurecht. »Na, dann los!«
Sie waren soeben nach draußen getreten, da erklang von ferne ein gedämpfter Ruf.
»Hilfe! Sie sind hinter mir her!«
Die Augen des Ersten Detektivs weiteten sich.
»Das ist Peter!«

Als Peter schon nicht mehr daran zu glauben gewagt hatte, war endlich das andere Tunnelende aufgetaucht. Nach einem kurzen Moment der Benommenheit hatte der Zweite Detektiv Sprossen ertasten können. Eine Steigleiter nach oben! In panischer Hast war er die Röhre hinaufgeklettert, getrieben von der verzweifelten Hoffnung, dass die Zugangsklappe nicht verriegelt sein würde. Doch er hatte Glück gehabt. Nach kurzem, heftigem Rütteln am Griff hatte er die Luke mit einem lauten Ächzen aufstemmen können. Als er dem Metallschacht entstiegen war und die Öffnung wieder verschlossen hatte, war ihm bewusst geworden, dass er sich kaum hundert Meter von Fort Stockburn entfernt am Rand des Weizenfelds befand. Der Nebel war verschwunden.

Sofort stürmte er los. »Hilfe! Sie sind hinter mir her!«

Gerade als er am Stall vorbei in den Ort hineinstolperte, kamen ihm Justus, Bob und Mr Tornby aus der Scheune entgegengelaufen.

»Peter! Du bist entkommen!«

Taumelnd blieb der Zweite Detektiv stehen und umarmte seine überglücklichen Freunde. Hastig blickte er sich um, doch weit und breit war kein Verfolger zu sehen.

Hank Tornby klopfte Justus auf die Schulter. »Geht ihr schon zum Haus des Professors. Ich laufe zu den anderen und sage Bescheid, dass ihr wieder da seid!«

Nachdem Peter von seinem unglaublichen Erlebnis berichtet hatte, wollte Justus den mysteriösen Tunnel unbedingt mit eigenen Augen sehen. Doch inzwischen war die leichte Brise zu einem böigen Wind angewachsen, der die Spuren des Zweiten Detektivs bereits verwirbelt hatte. Da Peter sich nicht mehr an den genauen Ort der Luke erinnern konnte, suchten die Jungen auf gut Glück den Rand des Weizenfelds ab, doch vergebens. Schließlich traten sie den Rückweg an.

Kurz darauf saßen die drei Detektive zusammen mit Mr Brewster in dessen Wohnzimmer, erfrischten sich mit eiskalter Zitronenlimonade und erzählten einander von den unfassbaren Geschehnissen der letzten Stunde. Als sie geendet hatten, blickte Justus konzentriert in die Runde.
»So allmählich fügt sich das Bild zusammen, aber ein paar Einzelteile fehlen noch.«
»Also, was mich betrifft, sind das ziemlich große Teile«, erwiderte Peter verdutzt.
Der Erste Detektiv lächelte. »Deine Entdeckung war bisher die Wichtigste. Dank dir wissen wir jetzt, woher diese ›Wesen‹ kommen und wohin sie den Captain entführt haben.«
»Glaubst du denn, dass da unten ein … Ufo versteckt ist?«, fragte Peter verunsichert.
»Ganz und gar nicht«, erwiderte Justus. »Diese Anlage ist definitiv menschlicher Herkunft. Bei deiner Beschreibung dieses großen Raums musste ich sofort an einen unterirdischen Bunker denken und da hatte ich eine Idee. Mir fiel nämlich plötzlich wieder ein, woher ich das *Greenbrier Resort* kenne.« Er wandte sich an Bob. »Um uns hier Klarheit zu verschaffen, würde ich Dich um eine telefonische Recherche bitten. Ruf doch mal bei der Auskunft an und lass dich mit dem *Greenbrier Resort* in West Virginia verbinden.«
»Und dann?«, fragte Bob verwirrt.
»Frag einfach nach einer besonderen Attraktion dieses Hotels. Wenn mich nicht alles täuscht, werden wir eine wichtige Information erhalten …«
Nachdem der dritte Detektiv mehrere Minuten telefoniert und sich Notizen gemacht hatte, kam er aufgeregt in die Küche zurück.
»Das ist einfach unglaublich – ich bin noch immer ganz aus dem Häuschen!«

»Das sieht man«, erwiderte Peter. »Dann verrat uns doch mal, warum!«
Mit leuchtenden Augen zückte Bob sein Notizbuch. »Aaalso: Das *Greenbrier Resort* bietet tatsächlich eine ganz besondere Attraktion. Unter diesem Luxushotel liegt nämlich eine weitläufige, über dreitausend Quadratmeter große Bunkeranlage, die 1961 unter strengster Geheimhaltung fertiggestellt wurde! Um die Bauarbeiten zu tarnen, wurde im selben Zeitraum ein neuer Gebäudeflügel des Hotels errichtet. Der massiv gesicherte Bunker mit dem Codenamen *Casper* sollte im Fall eines Atomkriegs dem Präsidenten und der Regierung Schutz bieten. Dreißig Jahre lang blieb *Casper* eines der bestgehüteten Geheimnisse Amerikas, bis die *Washington Post* 1991 einen Enthüllungsartikel veröffentlichte. Daraufhin wurde das gesamte Projekt aufgegeben.«
»Wow ...«, staunte Peter und schaute zu Justus hinüber. »Aber wie bist du so plötzlich darauf gekommen?«
»Wie gesagt – beim Gedanken an einen Bunker, in Kombination mit dem Namen *Greenbrier*, klingelte es plötzlich bei mir. Ich erinnerte mich, die Geschichte mal in der Zeitung gelesen zu haben. Aber das ist noch nicht alles. In dem Artikel hieß es, dass es nach der Entdeckung des *Greenbrier*-Bunkers Gerüchte über einen *zweiten* Regierungsbunker gab. Während *Casper* im Osten lag, sollte sich der andere, kleinere Bunker aus strategischen Gründen angeblich im Mittleren Westen befinden. Doch das konnte nie bewiesen werden.« Er blickte Peter an. »Als du dann von dieser unterirdischen Anlage erzählt hast, kam mir plötzlich der Verdacht, dass es sich um den mysteriösen *Casper 2* handeln könnte.« Er wandte sich an Mr Brewster. »Wissen Sie zufällig, ob es damals in den Sechzigern, als die Strom-, Gas- und Wasserleitungen verlegt wurden, irgendwelche Verzögerungen gab?«

Der Professor kratzte sich am Kinn. »Das war vor meinem ersten Besuch hier, aber ich erinnere mich, dass Frank mal etwas in dieser Richtung erwähnt hat. Die unterirdischen Arbeiten müssen wohl eine halbe Ewigkeit gedauert haben. Ein paar Mal mussten die Bewohner den Ort sogar verlassen und in einem Behelfslager schlafen, weil es gefährliche Gaslecks gab.« Mr Brewster lächelte. »Ich weiß noch, wie Frank darüber geschimpft hat, dass die Typen aus der Stadt alle linke Hände hätten.«

»Tja, mit Unfähigkeit hatte das nichts zu tun«, erwiderte Justus. »Die Verlegung der Leitungen und Rohre war nur eine Tarnung für die eigentliche Arbeit am Bunker. Ich vermute allerdings, dass der Hauptteil der Anlage sich ein ganzes Stück weiter draußen befindet und hier nur kleinere Nebenbereiche wie dieses Tunnelsystem liegen. Ansonsten hätte man die Einwohner für einen wesentlich längeren Zeitraum aus dem Ort lotsen müssen.«

»Stimmt. Frank erzählte, dass die Arbeiter etwa eine halbe Meile entfernt von hier ein ziemlich großes Camp errichtet hatten, mit Baggern und anderen schwerem Gerät«, erinnerte sich Mr Brewster. »Angeblich hätte es Probleme mit dem Erdreich gegeben, die die Arbeit erheblich verzögerten.«

»So etwas hatte ich mir schon gedacht«, entgegnete Justus. »All das war nur Fassade, um die Arbeiten am Bunker zu verbergen.«

»Aber warum hat man den Bunker überhaupt an dieser Stelle und so nahe an Fort Stockburn gebaut?«, fragte Peter irritiert.

»Ganz einfach«, erwiderte der Erste Detektiv. »Man hat die Tarnung der Normalität benutzt. Beim *Greenbrier*-Bunker war es der Bau eines neuen Hotelflügels und hier die aufwendige Verlegung von Wasser- und Gasrohren zu einem abgelegenen Ort in der Prärie. Hätte man über einen längeren Zeit-

raum hinweg einfach so im Niemandsland größere Bauarbeiten durchgeführt, wäre das zu auffällig gewesen. Man befand sich damals schließlich noch in der Zeit des Kalten Krieges zwischen den Vereinigten Staaten und der Sowjetunion.«
Bob nickte. »Verstehe. Man wollte nicht riskieren, dass feindliche Spione auf diese wichtige militärische Anlage aufmerksam wurden.«
»Genau«, bestätigte Justus. »Als der Konflikt dann vorüber war und ein Enthüllungsartikel über den *Greenbrier*-Bunker erschien, hat die amerikanische Regierung offensichtlich nicht nur *Casper 1*, sondern auch die Anlage in South Dakota aufgegeben.«
Mr Brewster blickte gedankenverloren aus dem Fenster. »Dann hat Mr Cobble diese Anlage also vor Kurzem entdeckt und dieselben Schlüsse gezogen wie du. Darum besorgte er sich den *Greenbrier*-Prospekt.«
»Einem Mann seines Alters ist die *Greenbrier*-Geschichte sicherlich noch vertrauter als mir«, vermutete der Erste Detektiv. »Jedenfalls steht durch den Prospekt fest, dass Mr Cobble sich eingehend über den Bunker in West Virginia informiert hat.«
»Dann steckt also der Trapper hinter dem Nebelterror?«, fragte Peter ungläubig.
»Zumindest scheint er stark in die Sache verstrickt zu sein«, erwiderte Justus. »Er muss allerdings Komplizen haben, die als Monster für Angst und Schrecken sorgen. Um die ganze Sache endgültig aufzuklären, sollten wir die verbliebenen Bewohner zu einem abendlichen Treffen einladen.« Er lächelte hintergründig. »Darum werde ich gleich mal zu Miss Daggett hinübergehen und sie bitten, noch nicht abzureisen. Anschließend richten Bob und ich auch den anderen eine Einladung für heute Abend aus. Sagen wir gegen neun Uhr, Sir?«

»Gut, also nach Sonnenuntergang«, erwiderte der Professor.
»Richtig. Ich möchte die Dunkelheit gerne zu unserem Vorteil nutzen.«
»Und was mache ich inzwischen?«, fragte Peter.
»Für dich hätte ich die Aufgabe, so viel dünnen Draht aufzutreiben wie möglich.«
»Ich weiß schon, wo wir suchen können«, erwiderte Mr Brewster.
Peter nickte. »Okay. Ich habe zwar nicht die leiseste Ahnung, was das soll, aber das erfahren wir ja bestimmt noch.«
»Versprochen!«, entgegnete der Erste Detektiv zwinkernd. »Bob und ich werden dann noch mal einen heimlichen Abstecher zur Scheune machen.« Justus' Lächeln verbreiterte sich. »Ich bin mir ziemlich sicher, dass wir in Kürze auch den Hetzer gegen Mr Brewster entlarven können …«

Dunkle Geheimnisse

Eine halbe Stunde später hatten sich alle wieder beim Professor eingefunden. Justus war mit den Ergebnissen seiner Nachforschungen sichtlich zufrieden. Ebenso erfreut war er über die beachtliche Menge Draht, die Peter und Mr Brewster besorgt hatten. Gemeinsam besprachen sie nun den Plan des Ersten Detektivs und das weitere Vorgehen. Kurz nach Sonnenuntergang gingen die Jungen nach draußen, um mehrere Vorkehrungen zu treffen, die sie vor ungebetenen Besuchern warnen sollten. Pünktlich um neun Uhr trafen die Gäste ein und wurden von Mr Brewster ins Wohnzimmer geführt.

Nur vier Bewohner waren der Einladung gefolgt. Außer dem Captain fehlte auch Mr Tornby, der wegen der nahenden Phase drei in seinem abgeschirmten Haus bleiben wollte. Inzwischen hatte sich Justus am großen Kamin in Position gebracht und stand nun wie ein Lehrer vor seiner unruhigen Klasse.

»Wenn ich um Ihre Aufmerksamkeit bitten dürfte, meine Dame, meine Herren? Sie haben sich zweifellos schon gefragt, welchen Grund dieses abendliche Treffen hat.«

»Und ob!«, rief Mr Sesto. »Ich hoffe für dich, dass es ein ziemlich guter Grund ist. Grace und ich wollten längst hier weg sein.«

»Ich kann Ihren Unmut verstehen«, erwiderte Justus. »Aber ich glaube, Sie werden mir später zustimmen, dass sich das Bleiben gelohnt hat.«

»Dann hör auf zu schwafeln und fang endlich an!«, forderte Mr Prescott ungeduldig.

»Bin schon dabei.« Der Erste Detektiv machte mit der rechten Hand eine Rundumbewegung. »Zunächst und vor allem war es das Ziel meiner Freunde und mir, die unheimlichen Nebelvorfälle zu klären, die Fort Stockburn heimsuchen. Bald stellte sich jedoch heraus, dass es neben diesem großen Rätsel auch noch ein anderes, bedeutend kleineres dunkles Geheimnis in diesem Ort gibt.« Er machte eine kurze Kunstpause. »Und dieses Geheimnis hängt mit der Scheune zusammen.«

Jetzt wurde Miss Daggett blass und die Mundwinkel von Mr Sesto begannen nervös zu zucken.

»Wegen ihrer angeblichen Baufälligkeit mieden alle Einwohner von Fort Stockburn die Scheune«, fuhr der Erste Detektiv fort. »Alle, bis auf zwei Personen, die diesen Ort seit Längerem als Treffpunkt für heimliche Rendezvous nutzten!«

»Was?« Mr Prescott schaute ungläubig zu Justus hinüber.

»Ganz recht. Als Bob und ich am Nachmittag in die Scheune geflüchtet waren, entdeckte ich in einem Regal eine Kiste, deren Inhalt auf romantische Zweisamkeit schließen ließ. Darüber hinaus deutete ein Windlicht darauf hin, dass diese Treffen nachts stattfanden. Sie sollten also vor den Blicken der übrigen Bewohner verborgen bleiben.«

Inzwischen hatte Miss Daggett angefangen, unruhig auf ihrem Platz hin- und herzurutschen.

Bob nickte. »Genau dieses Windlicht brachte mich auf die richtige Spur. Ich hatte nämlich zwei identisch aussehende Windlichter aus grünem Glas schon heute Vormittag auf der Terrasse von Miss Daggett gesehen.«

»Nun mussten wir also nur noch die andere Hälfte des Liebespaars finden«, erklärte Peter.

»Dieser Teil war der einfachste«, ergänzte Bob. »Es war ja mehr als auffällig, wie rührend sich Mr Sesto um die kranke Miss Daggett gekümmert hat. Und dann die überraschten Gesichter, als er sagte, dass er zusammen mit ihr Fort Stockburn verlassen wolle.«

»Daraus schlussfolgerten wir, dass Mr Sesto der geheime Romeo ist«, fügte Justus hinzu. »Und bis heute wusste niemand hier im Ort, dass Miss Daggett und er ein Paar sind.« Er wandte sich an Jim Sesto. »Aber da Sie heute ja das Geheimnis sozusagen selber gelüftet haben, werden Sie sicher verzeihen, dass wir es nun noch einmal direkt ansprechen.«

»Du verflixtes Rotzbalg!«, entfuhr es dem Schmied.

»Auf Ihre Flüche werden wir gleich noch zurückkommen«, entgegnete Justus. »Zuvor hätte ich aber gerne von Miss Daggett erfahren, warum diese ganze Heimlichtuerei notwendig war. Einer neuen Beziehung stand doch nichts im Wege. Mr Sesto ist schließlich alleinstehend und Sie sind geschieden.«

»Das bin ich nicht«, murmelte Miss Daggett.

»Was soll das heißen?«, fragte Mr Prescott aufgeregt. »Du sagtest doch, dass du und Dave geschieden wurdet. Eine Trennung in aller Freundschaft.«

Miss Daggett seufzte. »Ja, aber das stimmt nicht. Zwischen Dave und mir gab es schon seit langer Zeit Probleme und vor drei Monaten fand er heraus, dass ich mich heimlich mit Jim traf. Daraufhin ist er sofort ausgezogen und zu seinem Bruder nach Cleveland gereist. In eine Scheidung hat er bisher nicht eingewilligt, weil er mich nicht freigeben will.«

»Genau genommen sind Sie also nicht Miss Daggett, sondern immer noch Mrs Loomis«, stellte Bob fest.

»Das stimmt.« Miss Daggett senkte den Kopf. »Aber das sollte ja niemand wissen. Und weil im Ort so viele mit meinem Mann befreundet waren, wollte ich unbedingt geheim halten, dass Jim und ich an der Trennung schuld sind.«

»Deshalb war es Ihnen auch zu riskant, sich zu Hause zu treffen«, ergänzte der Professor. »Also entschieden Sie sich für die spätnächtlichen Verabredungen in der Scheune.«

Miss Daggett nickte.

»Damit wäre das Scheunengeheimnis also gelüftet«, stellte Justus zufrieden fest. »Kommen wir nun zur Auflösung, wer hinter den Hetzaktionen gegen Mr Brewster steckt. Hier war erneut das Regal höchst aufschlussreich. Neben der besagten Kiste stehen nämlich mehrere Eimer Wandfarbe, unter anderem Grün, Blau *und* Zinnoberrot.« Er drehte sich wieder zum Kaminsims um und nahm einen weiteren Gegenstand zur Hand. »Ein Bord tiefer fand ich vorhin, eingewickelt in einen alten Lappen, diesen rot verschmierten Pinsel. Darüber hinaus befanden sich minimale Farbspuren auch an dem Deckel der Liebeskiste von Miss Daggett und Mr Sesto.«
Peter holte den rot angemalten Seitenspiegel hervor. »Es ist haargenau derselbe Farbton wie bei diesem Wurfgeschoss, mit dem jemand gestern die Wohnzimmerscheibe des Professors eingeschlagen hat.«
»Die Farbe war übrigens ein reines Ablenkungsmanöver, damit der Verdacht auf den rot-fixierten Mr Tornby fiel«, ergänzte Justus. »Das allein wäre vielleicht noch nicht aussagekräftig genug. Doch es folgt noch ein weiterer Beweis, dass niemand anderes als die reizende Miss Daggett und der tatkräftige Mr Sesto für die Einschüchterungsaktionen gegen Mr Brewster verantwortlich sind. Das Ziel all dieser Aktionen war nämlich ein wertvolles Schmuckstück aus dem Besitz des verstorbenen Mr Malvey.«
»Miss Daggett kannte den Schmuck natürlich und wusste, dass er sich noch irgendwo befinden musste«, fuhr Bob fort. »Nach Mr Malveys Tod war es ihr als direkte Nachbarin ein Leichtes, ohne Verdacht zu erregen in seinem Haus ein- und auszugehen. Schließlich musste ja ab und zu nach dem Rechten gesehen werden.«
»In Wirklichkeit wollte die gute Miss Daggett nur den Anhänger finden, doch den hatte Mr Malvey gut versteckt«,

fügte Peter an. »Sie durchsuchte das ganze Haus, fand aber nur sein Tagebuch und nahm es mit.«

»Woher … wisst ihr davon?«, fragte Miss Daggett überrascht.

»Für einen Detektiv ist ein gutes Auge mindestens so wichtig wie ein schneller Verstand«, entgegnete Bob schmunzelnd.

Justus nickte. »Zweifellos. Dank Bobs Beobachtungsgabe wussten wir, dass Sie sich in den Besitz des Tagebuchs gebracht hatten. Doch die erhofften Hinweise haben Sie offenkundig nicht gefunden, also mussten Sie weitersuchen. Als dann plötzlich Mr Brewster in das Haus einzog, sahen Sie natürlich Ihren schönen Plan bedroht. Doch Sie dachten gar nicht daran, aufzugeben. Zunächst versuchten Sie, sich die Zuneigung des Professors zu erschleichen, um weiterhin Zugang zum Haus zu haben.«

»Aber das klappte nicht wie erhofft«, ergänzte Bob. »Als dann die ersten Nebelvorfälle auftraten, witterten Sie eine neue Chance und starteten gemeinsam mit Mr Sesto eine angebliche Sündenbockhetze gegen den Professor. In Wahrheit wollten Sie beide ihn aber nur aus dem Haus jagen.«

»Unglaublich«, murmelte der alte Trapper.

»Aber Mr Brewster ließ sich nicht einschüchtern und blieb.« Justus blickte Miss Daggett direkt in die Augen. »Zu allem Übel erfuhren Sie dann auch noch von ihm, dass er drei Detektive hierher holen wollte. Da mussten Sie natürlich handeln.«

»… und zwar mit einem Anruf Ihres Freundes Mr Sesto, der sich als der Professor ausgab und uns den Auftrag entziehen wollte.« Bob verschränkte die Arme vor der Brust. »Dass Mr Sesto der falsche Brewster war, hätte mir schon heute Vormittag auffallen können, als ich ihn das altmodische Schimpfwort ›Rotzbälger‹ sagen hörte. Genau dieselbe Beschimpfung hatte auch der angebliche Professor benutzt.«

»Auch der zweite Anruf stammte zweifellos von ihm«, schloss sich Justus an. »Als Technikexperte von Fort Stockburn war es für ihn keine Schwierigkeit, eine Tonbandaufnahme der Nebelschreie anzufertigen. Diese verwendete er dann am Telefon, um uns einzuschüchtern. Als Krönung der Dramatik fügte er am Ende noch die Drohung des Schamanen an, die er wie jeder im Ort kannte.«

Mit ungläubiger Miene wandte sich Mr Prescott an den Schmied. »Ist das alles wahr?«

Peter funkelte Mr Sesto feindselig an. »Und ob! Zur Sicherheit schickten Sie uns dann am nächsten Tag noch ein Telegramm, in dem das seltsame Wort ›Toparden‹ vorkam.«

Bob nickte. »Im Gegensatz zum Professor kannten Sie natürlich den Namen von Mr Tornbys Außerirdischen. Falls wir trotzdem nach Fort Stockburn kommen und Ermittlungen anstellen sollten, wussten Sie, dass der Verdacht automatisch auf Tornby fallen würde.«

Mr Sesto war in den vergangenen Minuten auf seinem Stuhl zusammengesunken. Betreten blickte er zu Boden, während er Miss Daggetts Hand hielt.

»Das … das alles tut mir wirklich leid«, murmelte er kaum hörbar. »Ich wollte einfach für meine Grace da sein.«

»Auch ich … möchte mich entschuldigen«, wisperte Miss Daggett. In ihren Augen schimmerten Tränen. »Ich weiß, dass wir Unrecht getan haben. Ihnen, Herr Professor, und auch euch, Jungs. Ich war einfach so vernarrt in diesen wunderschönen Edelstein …«

Mr Brewster lächelte schwach. »Zumindest *das* kann ich nachvollziehen, auch wenn ich für Ihr sonstiges Verhalten keinerlei Verständnis habe.«

Nun ergriff Justus wieder das Wort.

»Nachdem Miss Daggett und Mr Sesto ihre Missetaten gestanden haben, wollen wir uns nun Mr Prescott zuwenden. Bei ihm müssen wir uns eigentlich gleich doppelt entschuldigen. Einerseits, weil wir ihn wegen seiner Rostschutzfarbe kurzzeitig für den Verfasser der Drohungen gegen Mr Brewster hielten. Und andererseits, weil ich dachte, er hätte uns mit seiner Monstersichtung vom Ort des Verschwindens von Mr Hold weglocken wollen. Dabei hatte er die Kreatur wirklich gesehen.«

»Natürlich hatte ich das!«, bekräftigte der Farmer energisch. »Da war eine große zottige Gestalt, die an der Tür von Grace gekratzt hat.«

»Davon sind wir mittlerweile auch überzeugt«, erwiderte der Erste Detektiv. »Nicht Sie waren es, der uns ablenken wollte, sondern der Tiermensch. Auch das Opfer, Miss Daggett, war nicht zufällig ausgewählt. Die Kreatur sollte sie dermaßen ängstigen, dass sie endlich den Ort verließ, weil mit ihr auch der überaus wehrhafte Mr Sesto abreisen würde.«

Miss Daggett riss überrascht die Augen auf. »Was? Ich verstehe nicht …«

»Sagen wir mal so: Derjenige, der diese Aktion veranlasst hat, verfügt über ein sehr feines Gespür und wusste schon lange, dass Sie und Mr Sesto ein Paar sind. Man könnte es auch den außerordentlich guten Instinkt eines Jägers nennen!«

Justus ließ einen gespannten Blick über die Gruppe schweifen. »Hier ist nun der Punkt gekommen, an dem wir die kleinen Geheimnisse dieses Ortes hinter uns lassen und uns dem großen Rätsel des Nebelhorrors widmen. Einer der Initiatoren dieser spektakulären Vorfälle ist nämlich niemand anderer als der freundliche Trapper Samuel Cobble!«

»Sie?!?«, brüllte Mr Sesto und musste mühsam von Peter und dem Professor davon abgehalten werden, sich auf Mr Cobble zu stürzen. Dieser war mit der Geschmeidigkeit einer Raubkatze aufgesprungen und stand nun breitbeinig neben Justus vor dem Kamin. Seine Hand ruhte auf dem Griff eines großen Bowie-Messers. Im Blick des Trappers lag jedoch eher Erschöpfung als Angriffslust.

»Wie hast du es herausgefunden?«, fragte er mit aufrichtiger Überraschung.

»Der Prospekt mit dem *Greenbrier Resort* hat Sie verraten«, erwiderte der Erste Detektiv. »Und die auffällige Unauffälligkeit, mit der Sie ihn verstecken wollten.«

»Greenbrier?«, fragte Mr Prescott. »Was soll das bedeuten?«

Justus lächelte. »Ich erspare Ihnen die Einzelheiten, aber im Kern geht es um einen stillgelegten Regierungsbunker in West Virginia.«

Miss Daggett legte irritiert den Kopf schief. »Und was hat dieser Bunker mit uns zu tun?«

»Gar nichts«, erwiderte Bob schmunzelnd. »Aber es gibt noch einen zweiten Bunker, von dem die Öffentlichkeit bis jetzt nichts wusste.«

Peter deutete aus dem Fenster. »Und dieser Bunker liegt hier, ganz in der Nähe. Ich habe ihn mit eigenen Augen gesehen.«

Justus wandte sich wieder an den Trapper. »Und irgendwann vor nicht allzu langer Zeit haben Sie diesen Bunker entdeckt.«

»Richtig«, gab Mr Cobble zu. »Ich war auf der Jagd und bin plötzlich auf eine verborgene Luke im Boden gestoßen. Ein Schacht führte zu einem langen Tunnel, der schließlich in eine riesige unterirdische Anlage mündete. Es war einfach unglaublich.«

»Viel unglaublicher finde ich das, was folgte, und wofür ich immer noch keine Erklärung habe.« Der Erste Detektiv blickte den Trapper ernst an. »Aus irgendeinem Grund fassten Sie den Plan, diese Anlage und seine technischen Möglichkeiten

zu nutzen, um die Bewohner von Fort Stockburn zu vertreiben. Aber warum? Verspüren Sie einen Hass auf die Menschen? Sie sagten, dass Ihnen die Natur viel näher liegt als die Leute hier. Aber das rechtfertigt doch nicht diesen Terror, den Sie mit Ihren Helfershelfern veranstalten!«
»So … ist das ja gar nicht«, erwiderte Cobble stockend. »Das Ganze war nicht meine Idee, sondern …«
In diesem Moment kreischte Miss Daggett auf. »Oh nein – seht doch!« Vor Angst zitternd wies sie zu den Fenstern, vor denen wie aus dem Nichts mehrere hünenhafte Monstergestalten aufgetaucht waren. Mit stechenden Raubtieraugen starrten sie ins Wohnzimmer hinein. Die weißen Reißzähne in ihren weit aufgerissenen Mäulern blitzten im Mondlicht.

Der Nebel lichtet sich

»Es stimmt – das Ganze war nicht die Idee von Dad, sondern *meine*!«, schallte es nun von der plötzlich offen stehenden Haustür her. Ein bulliger Mann Anfang vierzig stand mit verschränkten Armen auf der Türschwelle. Er hatte raspelkurze rote Haare und trug einen schwarzen Overall, Handschuhe und schwere Stiefel. An seinem Gürtel hing deutlich sichtbar ein Pistolenholster.

»Mike …«, hauchte der alte Trapper betroffen.

Während die vermeintlichen Kreaturen begannen, ihre schauerlichen Masken abzunehmen, hob Cobble junior ein Stück Draht in die Höhe.

»Nette Idee mit den Stolperfallen rund ums Haus, Jungs – aber wir sind Profis.«

»Mist, damit hatte ich nicht gerechnet«, zischte Justus leise.

Drohend richtete sich Mr Sesto auf, doch Mike Cobble ließ sich davon nicht beeindrucken.

»Keiner hier macht eine falsche Bewegung, sonst geht's dem durchgeknallten Tornby dreckig, klar?«

»Was habt ihr mit ihm gemacht?«, fragte Mr Prescott bestürzt.

»Noch gar nichts. Der liegt betäubt im Bunker beim Captain. Aber wenn ihr nicht spurt, schicke ich einen meiner Jungs runter und dann wird's ungemütlich für die beiden.«

Justus atmete tief durch und trat einen Schritt vor. »Da Sie sich ja nun in einer rundum überlegenen Position befinden, können Sie uns doch sicher erzählen, was das alles hier zu bedeuten hat.«

»Warum sollte ich?«, fragte Cobble junior mit arrogantem Grinsen.

»Was hätten Sie schon zu befürchten?« Der Erste Detektiv deutete in die Runde. »Oder haben Sie vielleicht Angst vor einer Handvoll Senioren und drei Minderjährigen?«
Der Rothaarige kam einige Schritte auf Justus zu, so als wolle er ihn packen, doch dann hielt er inne und lächelte grimmig. »Weißt du was? Du hast recht, Kleiner. Ich habe tatsächlich nichts zu befürchten. Wenn wir hier fertig sind, setzen meine Jungs und ich uns nämlich nach Mexiko ab. Unterhalten wir uns also ein bisschen.« Sein Grinsen verbreiterte sich. »Sozusagen als Entschädigung für die Unannehmlichkeiten, die euch noch bevorstehen.«
Justus zeigte sich unbeeindruckt. »Wir sind gespannt.«
Cobble junior deutete auf seinen Vater. »Vor drei Wochen rief mich seit einer Ewigkeit zum ersten Mal mein Dad an und berichtete mir von einem seltsamen Riesenbunker mitten in der Prärie. Er weiß, dass ich bei den Marines war und mich mit Militärtechnik bestens auskenne. Deshalb bat er mich, mir das alles mal anzusehen und ihm zu sagen, ob irgendeine Gefahr für die Natur bestehe. Er hatte seinen Fund vor den anderen geheim gehalten und ich schärfte ihm ein, das auch weiterhin zu tun.«
»Weil Sie etwas Großes hinter der Sache witterten«, vermutete Bob.
»Genau. Ich fuhr her, ließ mir von Dad die Anlage zeigen und bin fast ausgeflippt. Da unten lagert Material von unschätzbarem Wert!«
»Sie meinen … Waffen?«, fragte Miss Daggett, die sich ängstlich an Mr Sesto geschmiegt hatte.
»Nein, sämtliche Waffentechnik hatte man bei der Stilllegung des Bunkers natürlich ausgebaut. Aber der Großteil des Mobiliars und der Kommunikationssysteme ist noch da. Dafür zahlen Sammler ein Vermögen! Ganz zu schweigen vom übri-

gen Material, das man da unten rausschaffen kann. Alles zusammengerechnet springen da locker einige Hunderttausend Dollar für uns raus.«

»Ich … ich verstehe nicht.« Der alte Trapper war totenbleich geworden. »Du sagtest doch, wir tun das alles hier, um die Natur zu bewahren.«

»Na, irgendwie musste ich dich ja davon überzeugen, mir dabei zu helfen, die Leute zu vertreiben. Dafür brauchte ich schließlich einen Insider im Ort.«

»Was haben Sie Ihrem Vater denn erzählt?«, wollte Bob wissen.

»Im Bunker fand ich unter anderem auch Material über das *Greenbrier Resort* in West Virginia. Als ich mich später darüber informierte, erfuhr ich, dass Teile des dortigen Bunkers als Touristenattraktion besucht werden können.«

»Verstehe«, erwiderte Justus. »Sie zeigten Ihrem Vater einen Prospekt des *Greenbrier Resort* und redeten ihm ein, dass auch hier in Fort Stockburn ein Touristenansturm einsetzen würde, wenn die Existenz dieses zweiten Bunkers herauskäme.«

Der Rothaarige nickte spöttisch. »Dad ist dermaßen weltfremd, dem konnte ich die absurdesten Sachen erzählen – von riesigen Hotels, Restaurants, Supermärkten, Highways und so weiter.«

»Ein wahrer Albtraum für Ihren naturliebenden Vater«, ergänzte Bob betreten.

»Richtig. Und genau mit diesem Albtraum konnte ich ihn davon überzeugen, dass die Leute aus Fort Stockburn verschwinden müssten. Schließlich würde einer von ihnen über kurz oder lang ebenfalls auf den Bunker stoßen.«

»Du Scheusal!«, hauchte Mr Cobble erschüttert.

»Aber ein sehr gewitztes Scheusal«, erwiderte sein Sohn. »Nachdem du eingesehen hattest, dass wir die Menschen vertreiben müssen, warst du eine Riesenhilfe. Die Idee, den indianischen Nebelfluch zu nutzen, um die Leute in Panik zu versetzen, war einfach fabelhaft.«

»Widerlicher Mistkerl«, murmelte Mr Prescott wütend.

»Wie genau haben Sie das alles denn bewerkstelligt?«, wollte Justus wissen.

»Nachdem ich mir da unten einen Überblick über die vorhandene Technik verschafft hatte, war der Rest nur eine Frage der Übung. Dieser Bunker verfügte nämlich über eine raffinierte Boden-Luft-Verteidigung, die ich nach einigen Reparaturen teilweise reaktivieren konnte. Das Herzstück ist ein weit verzweigtes Röhrensystem, mit dem man in einem Gebiet von zwei Quadratmeilen an zahllosen Positionen künstlichen Nebel an der Oberfläche ausstoßen kann. Nach den ersten entfernten Tests war ich hellauf begeistert. Die Typen damals müssen irgendein neuartiges Verfahren entwickelt haben. Jedenfalls ist dieser Nebel dichter und kompakter als alles, was ich je zuvor gesehen habe. Und das Beste daran: Mittels eines perfekt abgestimmten Lüftungssystems kann man die Nebelbänke sogar bewegen und beliebig schnell wieder verwehen lassen!«

»Das haben wir vorhin ja am eigenen Leib erlebt«, entgegnete Peter finster. »Und die unterirdischen Tunnel sind wohl ebenfalls mit jeder Menge technischer Spielereien ausgestattet.«

»Die plötzliche Sackgasse war ziemlich cool, oder?«, fragte Mike Cobble amüsiert. »Das Schöne an Schleusen ist, dass man sie öffnen und wieder schließen kann.«

»Deswegen konnte wie aus dem Nichts jemand hinter mir auftauchen«, murmelte der Zweite Detektiv.

»Stimmt, aber wir haben nicht damit gerechnet, dass du die Strecke im Olympiatempo zurücklegst. Du warst einfach zu schnell für uns.« Cobble junior deutete hinter sich. »Apropos ›uns‹: Nachdem ich mich mit der Technik vertraut gemacht hatte, holte ich mein Team nach. Vor einiger Zeit habe ich mich mit ein paar Freunden aus meiner alten Truppe selbstständig gemacht und einen privaten Sicherheitsdienst in Rapid City gegründet. Läuft aber nicht besonders, darum kam diese Bunker-Goldgrube genau richtig!«

»Von da an haben Sie gemeinsam mit Ihrem Team die Einwohner terrorisiert«, folgerte Mr Brewster fassungslos.

Cobble junior nickte. »Ich war für den Nebel zuständig und meine Kumpel für die Monsterangriffe. Jeder von ihnen trug einen Lautsprecher am Körper, über den die elektronisch verzerrten Schreie abgespielt wurden. Sobald ein anderer den Nebel betrat, haben sie das Geschrei abgestellt, um sich unentdeckt anpirschen zu können.«

»Wie konnten Sie sich denn überhaupt in dem Nebel orientieren?«, fragte Bob.

»Ganz einfach«, erwiderte einer der Verkleideten und holte ein Gerät aus dem Inneren seiner Maske, das so aussah wie ein Miniaturfernglas. »Jeder von uns trägt Infrarot-Sichtgeräte unter den Masken. Nützliche Andenken aus unserer Einheit. Das Blickfeld ist zwar eingeschränkt, aber für unsere Zwecke völlig ausreichend.«

Mike nickte. »Und damit die Dämonenkostüme täuschend echt aussahen, half Dad uns bei der Überarbeitung.« Wiederum huschte ein freches Grinsen über sein Gesicht. »Mit Fellen kennt er sich ja schließlich aus.«

»Ihr mieser Plan hat zunächst ja bestens funktioniert«, fasste Justus zusammen. »Die abergläubischen Leute bekamen eine Heidenangst und flohen nach und nach.«

Die Miene des Rothaarigen verfinsterte sich. »Ja, aber eben nicht alle. Ein hartnäckiger Kern wollte einfach nicht ver-

schwinden. Und dann kamt auch noch ihr dazu! Da mussten wir natürlich eine Schippe drauflegen.«
Bob nickte. »Das taten Sie dann auch. Sogar vor Entführung schreckten Sie nicht zurück!«
»Wie konnten Sie eigentlich den Captain verschwinden lassen, ohne dass wir hinterher die Luke gefunden haben?«, fragte Peter.
»Die Ein- beziehungsweise Ausstiege sind hydraulisch absenkbar und verfügen über ein ausgeklügeltes Düsensystem. Damit können binnen Sekunden Teile des umliegenden Erdreichs angesaugt und über den Luken wieder ausgestoßen werden.«
»Auf diese Weise werden sie so gut wie unsichtbar«, staunte Mr Brewster. »Vor allem, wenn man nicht den genauen Ort kennt, an dem man graben muss.«
Miss Daggett blickte nervös zu Mike Cobble hinüber. »Und … was wird jetzt aus dem Captain und Hank Tornby und … uns?«
Cobble junior lachte höhnisch. »Na, erst mal geht es ab nach unten in den Bunker. Da werden wir schon ein dunkles Plätzchen für euch alle finden. Und dort bleibt ihr, bis wir mit der Ausschlachtung des Bunkers fertig sind. Aber keine Sorge: Da unten gibt's genug Dosenfutter!«
»Dosenfutter wird es künftig für *euch* geben – und zwar im Gefängnis!«, erklang es nun von hinten.
Der Rothaarige und sein Team wirbelten herum und blickten entsetzt in die Mündung einer doppelläufigen Schrotflinte, die von einem jungen Mann mit markanten Gesichtszügen gehalten wurde. Neben ihm stand der imposante Taxifahrer Jerry Daggett, der mit einem Revolver auf die Monster-Truppe zielte.
»Martin Ishniak!«, rief Justus begeistert, als er den Neuankömmling erkannte.

»*Doktor* Ishniak, wenn's recht ist«, erwiderte Martin grinsend. »Seit heute Vormittag, elf Uhr, um genau zu sein.«

Binnen weniger Augenblicke waren die Schurken überwältigt und gefesselt. Sofort eilte Mr Brewster zum Mann seiner Nichte und umarmte ihn fest. Auch die drei Detektive begrüßten ihren Retter herzlich, während Miss Daggett ihrem Neffen um den Hals fiel.

Martin lächelte immer noch wie ein Honigkuchenpferd. »Ich konnte dich ja unmöglich im Stich lassen, Onkel Arnold. Du hattest vor ein paar Tagen am Telefon zwar nur angedeutet, dass irgendwas los ist, aber ich ahnte, dass es etwas Ernstes sein muss.«

»Als ich erfuhr, dass du mitten in der letzten Prüfung steckst, wollte ich dich nicht belasten«, erwiderte Mr Brewster gerührt.

»So etwas dachte ich mir schon. Na, jedenfalls habe ich gleich nach der Prüfung die nächste Maschine nach Rapid City genommen und bin mit Mr Daggett hergefahren. Ihr kennt euch ja schon, weil nur er diese schwierige Strecke fährt.«

»Aber wieso haben wir euch nicht kommen hören?«, fragte Peter verwirrt.

Martin zwinkerte. »Diese ›Spezialisten‹ hier sind nicht die Einzigen, die sich anschleichen können.« Er deutete in die Dunkelheit hinaus. »Ich wusste ja nicht, was mich erwarten würde. Um das Überraschungsmoment auf meiner Seite zu haben, ließ ich Mr Daggett in weitem Abstand vor dem Ort halten. Von da aus habe ich mich dann herangepirscht. Als ich einen bewaffneten Zotteltypen auf der Straße patrouillieren sah, war mir klar, dass ihr in Gefahr seid. Nachdem ich den Wächter überwältigt und ihm die Flinte abgenommen hatte, bin ich zurück zum Taxi, von dem aus Mr Daggett per Funk die Polizei alarmierte. Man sagte ihm aber, dass der Sheriff und mehrere Beamte bereits hierher unterwegs seien.«

»Die hatte ich schon vorher verständigt«, erklärte Justus schmunzelnd. »Mir war klar, dass es heute Abend zur Entscheidung kommen würde.«

»Dachte ich's mir doch, dass du vorgesorgt hast«, erwiderte Martin anerkennend. »Mr Daggett und ich sind dann jedenfalls den Stimmen nachgegangen, die uns hierher führten. Gerade noch rechtzeitig, wie es aussieht.«

»Das kann man wohl sagen«, bestätigte Peter.

Ein Grinsen huschte über Bobs Gesicht. »Welche Ironie des Schicksals: Eine Horde falscher Indianerdämonen wird letzten Endes von einem waschechten Indianer überwältigt.«

»Noch dazu ein Indianer mit Doktortitel!«, ergänzte Justus strahlend und klopfte Martin auf die Schulter. »Aber bevor wir dir das ganze Abenteuer mit dem schreienden Nebel erzählen, müssen wir den Captain und Mr Tornby befreien.«

Gemeinsam mit dem alten Trapper, der ihnen den Hauptzugang zum Bunker zeigte, stiegen die drei Detektive, Mr Brewster, Martin und die letzten Bewohner von Fort Stockburn in die Unterwelt hinab. Lediglich Jerry Daggett blieb oben, um Mike Cobble und sein Team in Schach zu halten. Außerdem hatte er keine Lust auf Treppensteigen.

Nachdem sie mehrere stählern glänzende Gänge durchquert hatten, hörten sie bereits von Weitem die dröhnende Stimme des Captains, der fluchte, was das Zeug hielt. Sie folgten den Schimpftiraden und erreichten schließlich einen riesigen Raum, der vom Boden bis zur Decke mit Unmengen an Technik und Dutzenden von Monitoren ausgestattet war. Offenbar handelte es sich um die Überwachungszentrale des Bunkers. Auf der gegenüberliegenden Seite befand sich eine abgetrennte Zelle, in der früher Wartungsgerät gelagert wurde. Cobble junior hatte den abschließbaren Raum offensichtlich kurzerhand zum Gefängnis umfunktioniert. Als der

Trapper die Tür öffnete, stürmte Mr Hold mit hochrotem Kopf heraus und gestikulierte wild in der Luft herum.
»Eine Unverschämtheit! So geht man nicht mit einem Offizier um! Wo sind diese feigen Schakale? Ich werde ihnen eine Lektion erteilen, die sie ihr Leben lang nicht vergessen!«
Während die anderen versuchten, den rasenden Captain zu beruhigen, warf Justus einen Blick zum überraschend ruhigen Hank Tornby herüber. Der Toparden-Prophet, der offenbar gerade eben erst wieder erwacht war, drehte sich andächtig im Kreis und flüsterte immer wieder mit leuchtenden Augen: »Ich habe es gewusst! Ich habe es immer gewusst!«